Das Leben und die Dinge

Umschlaggestaltung unter Verwendung eines Fotos von:
Autorenarchiv/Susanne Schleyer
Druck: Theiss GmbH, St. Stefan im Lavanttal
ISBN 978-3-99027-076-9

Je länger sein Leben währte, umso mehr vermehrten, türmten sich die Gegenstände, die sich nach und nach angesammelt hatten. Die Zahl der Menschen jedoch, mit denen er sich befreundet fühlte oder befreundet war, die er schätzte oder die er liebte, nahm zusehends ab. Einige hatte er aus den Augen verloren, anderen sich entfremdet, nicht wenige waren gestorben. Mit wachsender Bestürzung begriff er, dass »die Einschläge näher kamen«. Er hatte das kriegerische Bild nie gemocht. Allzu sehr erinnerte es ihn an die Redeweise der Väter. Und doch konnte er nicht übersehen, dass sich rechts und links von ihm die Reihen lichteten, während die Wohnung, in der er seit vielen Jahren lebte, immer voller wurde. Es war, als hätten die Dinge eine irreguläre Kraft zu fruchtbarer Selbstvermehrung.

Den tiefschwarzen Anzug, den er sich vor Jahren angeschafft hatte, trug er nur noch auf Beerdigungen und Trauerfeiern. Es blieb nicht aus, dass er an den eigenen Tod dachte. Der Gedanke erschien ihm abstrakt. *I am a rather elderly man*, heißt der erste Satz von *Bartleby The Scrivener.* Melville war ihm immer einer der liebsten Schriftsteller gewesen, und er besaß mehrere Übersetzungen der Erzählung. Ich bin ein schon etwas älterer Mann …, ich bin schon etwas vorgerückten Alters …, ich bin ein schon recht bejahrter Mann …, ich bin ein schon etwas bejahrter Mann …, ich bin ein Mann in recht vorgerücktem Alter – so lauteten einige Vorschläge. Keinen fand er wirklich gut.

Irgendwann war ihm klar geworden, dass er sich selbst als *a rather elderly man* zu sehen hatte. Waren ihm deshalb die Übertragungen suspekt? Er bemerkte, dass sich eine ungeheure Tatsächlichkeit aus dem Hintergrund löste. Und er dachte, es könnte, bevor sie allzu nahe käme, der rechte Augenblick sein, Rückschau zu halten. Eine Autobiografie zu schreiben? Als hätte die Welt darauf gewartet. Als neigte sich ein großer Lebensbogen dem Ende zu. Nein, das war nicht sein Fall. Noch lebte er und fühlte sich zu seiner nicht geringen Genugtuung recht frisch. Doch jung war er nicht mehr, und jede Lücke, die der Tod in seinen Gesichtskreis schlug, erinnerte ihn daran. Erst waren die Eltern gestorben, der Vater vor langer Zeit, die Mutter vor rund zehn Jahren. Er hatte lange gebraucht, um zu verstehen, was das bedeutete. Träume, die ihn häufiger als ehedem heimsuchten, führten ihm verwirrend vor Augen, was sein Leben war oder gewesen zu sein schien. Während andere starben, war es weitergegangen, scheinbar unberührt. Er hatte zu tun, seine Projekte zu verfolgen, seine Familie zu versorgen. Die Seinen waren auf gutem Weg, er hatte allen Grund, sich glücklich zu schätzen. Doch dann starb ein enger Freund, zehn Jahre jünger als er, es starb ein etwas älterer Freund, es starb der Schwager, es starb ein weiterer Freund, es starb eine lebensfrohe und liebenswürdige Bekannte. Das Sterben schien üblich zu werden.

Als er darüber nachdachte, fiel ihm auf, dass viele Begegnungen und Ereignisse, die sein Leben bestimmt hatten, in der Vergangenheit verschwunden waren. Ununterbrochen schob die Gegenwart neue Vorhänge vor die alten Geschichten, und der Blick zurück zeigte nur mehr konturlose Landschaften, zuweilen gar totes Gelände. So beschloss er, bevor alles verblassen würde, das Schiff der Erinnerung zu besteigen und zurückzureisen in die vergessenen Jahre. Die Dinge, die ihn umgaben, die Gestalten, die er noch vor sich sah, sollten sein Kompass sein. Er wusste, dass er sicheren Grund selten erreichen würde. Wenig ist prekärer als das Gedächtnis.

Agfa Clack

Meine Kindheit war bilderarm. Das Wilhelm-Busch-Album, ein von vielen Vorfahren zerlesenes Familienstück, habe ich mit unendlicher Neugier studiert. Ich konnte noch nicht lesen, doch die Ekstasen des Piano-Virtuosen, sein »smorzando« oder sein »finale furioso«, verstand ich sofort. Und als ich die ersten Buchstaben kennenlernte, liebte ich das *Naturgeschichtliche Alphabet*, dessen absurde Verse mir plastisch und plausibel vorkamen: »Die Nachtigall singt wunderschön, das Nilpferd bleibt zuweilen stehn.« Die Geschichten von Max und Moritz konnte ich mir leicht zusammenreimen, und da sie mir immer wieder vorgelesen wurden, wusste ich sie bald auswendig. Ein ebenfalls zerfranstes Exemplar von *Peterchens Mondfahrt* wurde mir lieb und teuer, auch ein paar andere vererbte Kinderbücher, *Hänschen im Blaubeerenwald* zum Beispiel.

Bilder waren kostbar. Es gab kein Fernsehen, die Zeitungen brachten nur selten Fotos, Illustrierte hatten die Eltern nicht. Wer fleißig die Bilder sammelte, die den Margarine-Packungen beilagen, konnte sich Alben zusammenstellen, und ich besaß das Sanella-Album von Afrika, in dem ich die Löwen und die Elefanten bewunderte, daneben die Neger mit Lendenschurz und Speer. Sie standen unter fremdartigen Bäumen, und nicht weit von ihnen grasten Antilopen und Zebras. Die Bilder waren keine Fotos, sondern naturalistische Gemälde, wie man sie in naturhistorischen Museen manchmal noch antrifft.

Bei Familienfesten beugte man sich über die Schwarz-Weiß-Fotos vergangener Ereignisse. Die Abzüge hatten einen gezackten Rand und waren auf schwarzen Pappseiten in aufgeklebte Ecken eingefügt. Zwischen den Seiten gab es zum Schutz der Bilder transparente Bögen mit einer Art Spinnwebmuster. Die Alben waren kostbarer Familienbesitz, und fast war es so, dass sich nur die mit Recht eine Familie nennen durften, die derlei besaßen.

Die bürgerliche Welt, in der ich aufwuchs, war zu arm, um Fotografen engagieren zu können, doch reich genug, um sich einen Apparat zu kaufen. Ein Onkel hatte der Familie seine Balgenkamera vererbt, und nach vielen Bitten wurde es mir erlaubt, sie auszuprobieren. Doch ihre Bedienung war kompliziert. Man musste Entfernung, Blende und Belichtungszeit einstellen, und viele Bilder misslangen. Filme waren teuer, und da man befürchtete, der Knabe werde die Kamera beschädigen, bekam ich zum Geburtstag die beliebte Agfa Clack, eine simple Blechbox, die kinderleicht zu bedienen war. Ich war vermutlich zwölf oder dreizehn. Die ersten gelungenen Fotos – Aufnahmen der Schwestern im Garten oder Bilder von Sonntagsausflügen – erfüllten mich mit gewaltigem Stolz. Es war mir gelungen, die bescheidene Welt, die ich kannte, noch einmal zu erschaffen.

Als ich imstande war, mir eine Spiegelreflexkamera mit Wechselobjektiven zu kaufen, überkam mich eine Allmachtsfantasie. Ich hatte das Gefühl, dass mir die Welt zu Füßen lag, und schnell wusste ich alles über Brennweite, Lichtstärke und Filmempfindlichkeit. Was ich nicht wusste, war die Tatsache, dass Fotografieren eine Kunst ist, die man erlernen muss und die Begabung erfordert. Ich jedoch fotografierte alles mit dilettantischer Inbrunst.

Mit diesem Irrtum war ich keineswegs allein, denn Mitte der sechziger Jahre – nun waren Farbfilme erschwinglich geworden – fing das allgemeine Fotografieren erst richtig an, und es entstand der Brauch, einander zu Abenden einzuladen, an denen die jüngsten Urlaubs- und Familienbilder mit einem Diaprojektor vorgeführt wurden. Eine Leinwand wurde aufgestellt, es gab Toast Hawai oder Zwiebelsuppe, dazu italienischen Wein aus Korbflaschen. Bei gedämpftem Licht sah man Bilder vom Kolosseum und vom Eiffelturm und natürlich auch von der Freundin oder Gattin, die sich am Aussichtspunkt in Positur gestellt hatte. Solche Dia-Abende gerieten bald in den Geruch des Spießigen und verschwanden allmählich, bis sie vor Jahren unversehens wieder auftauchten, jetzt aber in moderner Form. Der Laptop hat die Leinwand ersetzt, und an Stelle des Projektors, der damals nicht selten versagte, huschen digitale Fotos geschwind über den Monitor. Die Zwiebelsuppe allerdings harrt ihrer Wiederkehr.

Als ich die unbeholfenen Fotos der Freunde sah, begriff ich, dass meine eigenen nicht besser waren. Ich hatte versucht, die Menschen, die mir lieb waren, so abzulichten, wie sie mir erschienen, in all ihrer Schönheit und Besonderheit. Aber von wenigen Zufallstreffern abgesehen, blieben die Bilder weit hinter meinen Vorstellungen zurück. Ich hatte versucht, die geliebten Gestalten meiner Freundinnen in erotischen Aufnahmen festzuhalten. Dass sich dahinter ein Besitz- und Definitionswunsch verbarg, war mir allenfalls unterschwellig bewusst. In den meisten Fällen ging er völlig in die Irre. Die Bilder gerieten peinlich, weil ich mit einem begehrenden Blick fotografiert hatte.

Bei Gebäuden und Stadtansichten hatte ich größeres Glück. Einmal verbrachte ich mehrere Tage in einem winterlich kalten und verregneten Venedig. Ich hatte meine ganze Ausrüstung dabei, mehrere Objektive und Filter, und ich fotografierte mit Hingabe die schwarz durchnässten Fassaden, die menschenleeren und melancholisch stimmenden Plätze, die dunklen Kanäle, auf denen Lastkähne langsam vorbeituckerten. Die Bilderserie war von Nicolas Roegs Film *Wenn die Gondeln Trauer tragen* inspiriert, also durchaus epigonal, aber sie gefiel mir so gut, dass ich große Abzüge davon machen ließ und mehrere Alben damit füllte. Als ich sie vor Jahren aus dem Keller holte, um sie mir zu Gemüte zu führen, sah ich, dass die Farben verschwunden waren, es gab nur noch Braun- und Rottöne. Ich begriff, dass Bilder flüchtig sind und dass es nichts nützt, sie auf dem Papier zu haben, wenn man sie nicht im Kopf hat.

Irgendwann habe ich das Fotografieren aufgegeben, einerseits, weil ich von meiner Nichtbegabung weiß, andererseits, weil die Welt, in der ich lebe, ohnedies von Bildern zugemüllt ist. Meine Analog-Kamera und die Objektive liegen seit Langem unbenutzt in der Schublade. Die Agfa Clack ist vor undenklichen Zeiten verschwunden. Manchmal noch mache ich Bilder mit einer Digitalkamera, die in die Hosentasche passt, und das Einzige, was an das alte Fotografieren erinnert, ist ihr simulierter Verschlusslaut. Die Fotos, die eine Bedeutung kaum noch haben, verschwinden in den Tiefen der Festplatte. Meine Neigung, sie erneut zu betrachten, ist gering. Als ich vor Jahren die

Überreste der Altstadt von Schanghai besuchte, die für Chinesen eine Attraktion darstellt, sah ich mich von zahllosen Einheimischen umgeben, die nahezu alle mit Smartphones ausgerüstet waren und damit unablässig knipsten, was dazu führte, dass die Fotografierenden nicht selten die Fotografierenden fotografierten.

Obwohl ich einen Überdruss an Bildern empfinde, merke ich, dass ihre Macht auch mich berührt, vor allem dann, wenn sie meine eigene Geschichte betreffen. Ein anderes Album, das mir beim Aufräumen in die Hände fiel, zeigte mir die Fotos einer lang, lang zurückliegenden Reise nach Kreta. Auch sie waren braunstichig geworden, und doch sah ich mich und meine Freundin (meine spätere zweite Frau), wie wir nackt an einem Strand badeten. Wir hatten uns gegenseitig fotografiert. Beide sahen wir nicht nur jung, gebräunt und schlank aus, sondern auch – und das irritierte mich am meisten – zufrieden und glücklich. Offensichtlich war ich mit ihr glücklich gewesen. Ich hatte das, weil mir die qualvolle Trennung im Gedächtnis saß, vergessen. Jetzt sah ich die Fotos und dachte: Ja, es war schön damals. Und ich dachte: Bin ich noch derselbe, der damals glücklich war?

Alphabet

Dass ich im Alphabet immer etwa in der Mitte stand, spielte in der Schulzeit, als das Ergebnis der Klassenarbeiten alphabetisch bekannt gegeben wurde, und zwar abwechselnd in absteigender und in aufsteigender Linie, eine große Rolle. Der Nachteil bestand darin, dass der Spannungsbogen in etwa immer gleich lang war. Nie kam ich früh dran, immer musste ich warten. Da meine Noten, von einem schwachen Jahr abgesehen, meistens gut waren, hätte es mir gleichgültig sein können. Und doch hätte ich es manchmal gerne gehabt, dass mein Name als erster genannt würde, am liebsten natürlich mit einem herausragenden Ergebnis. Zuweilen litt ich darunter, dass ich immer in der Mitte war, selten sehr gut und selten sehr schlecht. In jenem Fach allerdings, das mir im Kreis der Kameraden – und dann bei den immer wichtiger werdenden Mädchen – wirkliches Ansehen hätte einbringen können, im Sport nämlich, war ich ein totaler Versager, und wenn die zwei Spitzenleute sich anschickten, die Mannschaftsmitglieder für das Völkerballspiel zu benennen, gehörte ich immer zu den letzten. Erst später begriff ich, dass ich für meine Leistungen in Mathematik oder Griechisch von manchen Kameraden beneidet wurde, was sie allerdings nicht offen zugegeben hätten. Und noch später dachte ich, dass auf die Dauer nichts freundlicher und befriedigender sei als das Mittelmaß, wobei ich mir gelegentlich sagte, dass der Buchstabe G dem A bedeutend näher stehe als dem Z. Daraus folgt wohl, dass ich ehrgeiziger bin, als ich mir selbst gegenüber einzuräumen bereit bin. Denn *Glück Glanz Ruhm*, so der Titel eines Erzählungsbandes von Robert Gernhardt (1983), sind mir keineswegs gleichgültig.

Im Übrigen ist das Alphabet eine höchst willkürliche und zuweilen ungerechte Ordnungsmacht. Das wurde mir bewusst, als ich eine Weile in der Olin Library der Washington University von St. Louis arbeiten konnte. Man durfte dort in den weiträumigen Magazinen umherwandern. Die Bücher waren innerhalb von Sachgruppen alphabetisch geordnet, so dass Thomas Wolfe neben Tom Wolfe und Johannes R. Becher neben Jurek Becker zu stehen kam, und ich dachte, die Autoren hätten eigentlich mit Hilfe einer schützenden Folie voneinander getrennt werden müssen.

Altar

Wie alt war ich als Ministrant? Vermutlich älter als zehn, aber keinesfalls so alt, dass ich, obwohl schon Lateinschüler, das Stufengebet wirklich verstanden hätte. Der Priester und die Messdiener sprachen es im Wechsel, natürlich auf Latein und kniend auf den Stufen des Hochaltars. Wir mussten die Verse auswendig lernen. Die Zeilen *Introibo ad altare Dei, ad Deum, qui laetificat juventutem meam* (Zum Altare Gottes will ich treten, zu Gott, der mich erfreut von Jugend auf) sind mir gerade noch im Gedächtnis. Auch an das *Confiteor Deo omnipotenti …* erinnere ich mich schwach. Doch bin ich sicher, dass wir Jungen das Gebet nicht aus dem Herzen sprachen. Seine Schönheit blieb uns verborgen, weil wir uns mehr oder weniger verzweifelt, vor allem bei Frühmessen, wenn wir unausgeschlafen zur Kirche geeilt waren, an den langen Text zu erinnern suchten. Wir waren mindestens zu zweit, bei Sonntagsmessen zu viert oder zu sechst, und was aus unseren Kehlen kam, musste halbwegs unisono klingen. Daraus ergab sich, dass wir relativ kraftvoll die ersten Worte sprachen, dann in ein abrakadabrahaftes Murmeln verfielen, bis wir uns, wenn es gut ging, in den letzten Worten vernehmlich wieder zusammenfanden.

Die alte Liturgie, die in meiner Frankfurter Pfarrgemeinde mit ästhetischem Aufwand gefeiert wurde, kannte eine komplexe Hierarchie der Messdiener. Zuunterst kamen die Cereforare, die Kerzenträger, die an festlichen Tagen paarweise, zu sechst oder zu acht oder zu zehnt, der Prozession voranschritten (natürlich hinter dem Kreuzträger, dem

Kruziferar) und sich dann auf den untersten Stufen des vielstufigen Hochaltares symmetrisch positionierten. Danach kamen die sozusagen wirklichen Ministranten, die Akolythen, die das Stufengebet kennen mussten, die mit Schellen die heilige Wandlung einläuten und dem Priester Wasser und Wein in den Kelch gießen durften. Schließlich der Kruziferar und dann der Thuriferar, der das Weihrauchfass schwenkte und in festgesetzten Augenblicken an die Seite des Priesters trat. Der Chef dieser Priester- und Dienerschar, die zuweilen zwei Dutzend Männer und Knaben umfasste, war der Zeremoniar, der die anspruchsvolle Choreografie dirigierte.

Die Logik dieser Hierarchie bestand nebenbei darin, dass in uns Knaben allmählich der Wunsch entstehe, das höchste Amt, das des Priesters, anzustreben. Von einem Cousin weiß ich, dass er es auf diesem Weg bis zum theologischen Examen geschafft hat, danach allerdings den Weg des Irdischen ging, heiratete und viele Kinder zeugte. Schon damals war die Tradition, die es nahelegte, dass zumindest ein Sohn der gewöhnlich vielköpfigen Familien Priester werde, schwach geworden, und auch bei mir fruchtete sie nicht. Immerhin gelangte ich bis zum Thuriferar, was meinen feuertechnischen Interessen, die ich beim Entzünden von Lagerfeuern schon geübt hatte, entgegenkam. Die größte Blamage des Weihrauchfassschwingers hätte darin bestanden, dass die glühende Kohle am Grund der Schale erloschen wäre.

Das ist mir nie passiert. Davor jedoch, als ich noch Kerzenträger war, geschah es, dass mir bei einem festlichen Gottesdienst schrecklich übel wurde. Ich schob es auf den scharfen Weihrauchqualm, der mir auf einmal schmerzlich in die Nase stieg, und ich fand keinen anderen Weg, als mich regelwidrig zu entfernen und die Sakristei aufzusuchen. Dort übergab ich mich. Allein, das erleichterte mich nicht wirklich. Auch am anderen Leibesende verschaffte sich das plötzliche Elend seine Bahn. Und ich erinnere mich daran, dass ich in meiner rot-weißen Ministrantenkleidung der zwei Blocks entfernten Heimat zustrebte, in der dringenden Hoffnung, dass ich an diesem sonnigen Sonntagmorgen keinem Nachbarn begegne, während ich aus allen Öffnungen an Volumen verlor. Ja, es war meine immerzu liebend-hilfreiche Mutter, die mich aus der Katastrophe erlöste, mich reinigte, von allen Sünden freisprach und mich ins Bett steckte, bis das Virus überwunden war.

Der Altar war für mich immer das Zentrum des Heiligen, wobei ich damals nicht wusste, was »heilig« bedeutet. Selbst heute, da ich etwas mehr darüber weiß, unter anderem auch belehrt von Giorgio Agamben, ist mir das Heilige unfassbar. Ich bin froh, wenn es mir begegnet, mich zuweilen gar erschüttert, und das geschieht am ehesten in der Synästhesie von Wort, Ritual und Musik, mit anderen Worten: in der gewaltigen, in der unerschütterlichen römischen Liturgie. Ihr Ziel, auf das die rituellen Handlungen hinstreben, ist der Altar, der Opfertisch, und er befand sich in allen Kirchen, die mir vertraut waren, dem Eingangsportal gegenüber, er war von ihm am weitesten entfernt – so wie das Himmlische vom Irdischen.

Dieses Bild steht mir vor Augen, wenn ich mich an die Benediktiner-Abtei in Neresheim erinnere. Die Kirche, eine der schönsten, die ich kenne, ist der letzte Bau des großen

Balthasar Neumann, überwölbt von einer lichtdurchfluteten Kuppel. Martin Knoller hat die Himmelsbilder gemalt. Der Raum darunter ist ein kreisförmiger Platz, der das Zentrum des vielgestaltigen, lichtdurchfluteten Inneren bildet.

Zum Eingang hin, so jedenfalls war es vor mehr als fünfzig Jahren, befanden sich, von Seitenaltären umgeben, die Bänke für die Gläubigen. Auf der entgegengesetzten Seite war das Chorgestühl, wo die Patres und die Brüder ihren Platz hatten und die gregorianischen Gesänge anstimmten. Obwohl sie manchmal etwas schütter klangen, denn die Reihen waren schon damals nicht mehr vollständig besetzt, berührten sie mich im Innersten. Es war ein Unendlichkeitsgesang. Am äußersten Ende des Chores stand der Hochaltar, der nicht nur hoch, sondern auch von den Gläubigen weit entfernt war. Dort wurde die Heilige Messe zelebriert. Dass man die einzelnen Schritte kaum erkennen konnte, dass nicht alle Gottesdienstbesucher die lateinischen Gebete verstanden, spielte keine Rolle, denn jeder – und auch ich – wusste, was am Hochaltar geschah. Es ging um »das Geheimnis des Glaubens«, wie es noch immer in der Liturgie heißt. Dieses Geheimnis, so sehe ich es heute, wird durch die Praxis, den Altar zu einem bloßen Tisch zu machen und den Priester zu einem Darsteller, nicht selten banalisiert. Infolgedessen sind die Hochaltäre der alten Kirchen nur noch ein unverständlich gewordenes Schmuckelement.

In Neresheim, wo die Familie einige Sommer verbrachte, diente ich manchmal als Ministrant bei werktäglichen Frühmessen. Sie fanden in einer der seitlichen Kapellen statt. Auf den Bänken knieten nur wenige Gläubige, zuweilen bloß drei oder vier, doch war das für den Vorgang nicht von Bedeutung. Wir, das heißt der Benediktinerpater und ich, folgten der vorgeschriebenen Form und waren somit ein Glied in der Kette unendlicher Überlieferung und fortwährender Feier. Natürlich ist das meine heutige Interpretation. Damals war ich ein unwissender Knabe, der das frühe Aufstehen hasste und der nicht wirklich verstand, was der Fall war. Ich glaube jedoch, dass mir dieses frühe Exerzitium die Bedeutung von Formen und Ritualen beigebracht hat, und heute bin ich dafür dankbar.

In jenen Jahren jedoch, als alles fraglich wurde und alles möglich schien, bin ich aus der Kirche ausgetreten. In der katholischen Studentengemeinde hatten wir Glaubensfragen diskutiert, sehr ernsthaft, sehr kritisch und sehr rational. Wir wollten zum Kern der Botschaft vordringen, wollten die Feier der Eucharistie von allem historischen Brimborium befreien. So saßen wir denn im Tagungsraum eines Studentenheims, saßen auf Tagungsstühlen und an Tagungstischen, hatten Brot und Wein vor uns, und der alltäglich gekleidete Priester sprach die Worte der Wandlung. Wir tranken den Wein und aßen das Brot, und beides fühlte sich nicht anders an denn Wein und Brot. Wir erlebten, wohin die Entmythologisierung führen muss: in die triste Rationalität der Gegenwart. Wir hatten die grandiose Geschichte der Überlieferung, ihrer bedeutungsvollen Riten, Gesänge und Gebete, die wesentlicher Teil des Glaubens ist, leichtfertig übersprungen und standen (saßen) vor einem Fiasko. Uns wurde klar: Der Priester war nicht Jesus, wir waren nicht die Jünger. Die Ernüchterung war total. Wir beendeten das Experiment und gingen ratlos auseinander. Der junge Priester verlor sich wenig später in jenem Umsturz, dem damals fast alle überlieferten Regeln zum Opfer fielen: Er gab den Zölibat auf, wurde laisiert, heiratete und verschwand aus meinem Gesichtskreis.

Der letzte Anlass meines Austritts war einer jener damals üblichen Hirtenbriefe, mit denen die Katholiken zur Wahl der CDU animiert werden sollten. Ich neigte zur SPD und war empört. Es kam hinzu, dass ich – damals Mitte zwanzig – die katholische Sexualmoral in übler Erinnerung hatte. Das sexuelle Bedürfnis, so war es mir beigebracht worden, war höchst fragwürdig, letztlich eine sündhafte Regung und erwünscht allenfalls im Rahmen der Ehe und eines von daher legitimen Fortpflanzungswunsches. Als Knabe hatte ich darunter gelitten, dass Masturbation als Sünde galt. Mit meinem Austritt wollte ich mich von diesem repressiven Reglement befreien.

Es herrscht zu meinem Bedauern noch heute, wenngleich in minderem Maß. Ich kann Katholik nur sein, wenn ich zwischen meinen Glaubensmöglichkeiten und den amtlichen Glaubensregeln unterscheide, und das ist eine alte Tradition – nicht unbedingt eine gute, aber eine menschliche. Ich billige, dass die Kirche zweitausend Jahre alte Glaubenswahrheiten, die historisch gewachsen sind, nicht eilfertig aufgibt. Wenn ich daran denke, wie sehr sich meine Anschauungen im Lauf der Jahre geändert haben, wenn ich sehe, dass ich vieles, was ich einst verwarf, heute für richtig halte, dann scheint es mir nicht unklug, dass die Kirche an gewissen Positionen festhält, auch wenn sie vielen Zeitgenossen unverständlich sind.

Es dauerte drei Dezennien, bis ich begriff, dass man zwischen der herrschenden Lehre und dem Kern der Botschaft unterscheiden muss. Die Botschaft, so glaube ich, ist letztlich unzerstörbar, wenn auch nicht immer leicht zu verstehen. Die Kirche hat einen ewigen Kern einerseits, eine zufällige Erscheinungsform andererseits. Dies voneinander zu trennen, ist ein Problem, es gibt dafür kein Rezept. Gleichviel: Meine Kinder sind getauft, ich bin in die Kirche zurückgekehrt, und allmählich beginne ich, ihre Bedeutung zu erkennen. Ich füge hinzu, dass es meine Frau war, die an ihrem Glauben festgehalten hat. Sie hat die Taufe der älteren Tochter gegen meinen Widerstand durchgesetzt und mir allmählich zu Bewusstsein gebracht, was ich durch meine Sezession verloren hatte.

Auto

Das erste Auto meines Lebens war der dunkelblaue VW Standard meines Vaters mit dem Kennzeichen AH 64-8761. AH stand für Amerikanische Zone Hessen. Es verblüfft mich, dass ich es immer noch weiß. Selten war ich Herr meines Gedächtnisses und bin es immer weniger. Wenn mir eine fremde Person, die mir interessant oder wichtig erscheint, vorgestellt wird, setze ich alles daran, mir den Namen zu merken. Nicht selten ahne ich in derselben Sekunde, dass ich ihn vergessen werde, und so kommt es dann auch. Andererseits passiert es mir, dass mein Blick, während ich in der U-Bahn stehe, auf ein Werbeplakat fällt, auf dem fett eine Telefonnummer zu sehen ist, und während ich mir vornehme, sie keinesfalls im Gedächtnis zu behalten, habe ich sie mir schon gemerkt.

Dass ich eine Weile sämtliche Nummernschilder der Autos meines Vaters – und später auch die meiner eigenen – auswendig konnte, hing damit zusammen, dass ich als Junge ein ausgemachter Autonarr war. Ich lebte in Frankfurt, wo die Automobilausstellungen stattfanden, und ich betrachtete das als Glücksfall. Es war Ehrensache, dass ich und meine Kameraden sie unverzüglich aufsuchten und nachmittagelang durch die Hallen streiften, um sich fachmännisch in die neuen Modelle zu setzen, die PS-Zahlen zu vergleichen, die Prospekte und vor allem die Anstecknadeln zu sammeln. Wir besaßen Auto-Quartett-Karten, mit denen wir spielten, und am meisten liebten wir die Bilder der amerikanischen Limousinen. Einige kannten wir aus eigener Anschauung, denn Frankfurt war das Hauptquartier der Amerikaner. Die dunkelhäutigen Soldaten, die weiße Socken zu glänzend schwarzen Halbschuhen trugen und in unhörbar leisen Straßenkreuzern durch die Gegend schaukelten, waren Gegenstand unserer Bewunderung. Natürlich nannte man sie Neger, das Wort hatte seinerzeit keinen abschätzigen Klang, jedenfalls unter uns Jungen nicht.

Wann immer ein neues Auto angeschafft werden sollte, was regelmäßig der Fall war, denn mein Vater, ein Architekt, benötigte es für die oftmals langen Fahrten zu seinen Baustellen, geriet ich in eine fiebrige Erregung, und ich beeilte mich, ihm meine umfänglichen Kenntnisse anzubieten. Der Vater ließ sich gerne in Fachsimpeleien verstricken, wollte sich aber nie dazu überreden lassen, ein amerikanisches Auto zu kaufen. Immer wieder entschied er sich für einen soliden Mercedes, der ihm schon deshalb zusagte, weil er aus seinem geliebten Heimatland kam. Das allerdings geschah erst zur Zeit des sogenannten Wirtschaftswunders, das auch der sechsköpfigen Familie einen kleinen Wohlstand bescherte.

Als die Ideen der Studentenbewegung auch mich ergriffen, entzündeten sich daran die schwersten häuslichen Konflikte. Sie wurden nie beigelegt, zumal mein Vater, bevor es eine Versöhnung hätte geben können, plötzlich verstarb. Bis heute bedaure ich, dass ich in meinem juvenilen Trotz verharrte und erst spät, zu spät, daran dachte, mich zu überwinden und ihn zu besuchen. Die Flasche Wein, die ich eigens dafür gekauft hatte – ich wusste, dass mein Vater einem guten Rotwein durchaus zugeneigt war –, habe ich dann allein getrunken. Später bemerkte ich, dass es mir nie eingefallen war, als wäre das ein Zugeständnis, selber einen Mercedes zu kaufen. Stattdessen fuhr ich, nachdem ich es mir leisten konnte, SAAB-Autos. Sie waren teurer als die üblichen und galten als Zeichen der Unangepasstheit.

Angepasst wollte ich niemals wirken, und war es, so kommt es mir heute vor, auf ansprüchliche Weise eben doch. Mein erstes Auto war ein Citroën 2CV, und ein anderes wäre auch gar nicht infrage gekommen. Erstens, weil es das billigste war. Zweitens und vor allem, weil der Deux Chevaux Ausweis einer fortschrittlichen Gesinntheit war. Die Spießer fuhren Opel oder Ford. Im 2CV, in der Ente, wie sie liebevoll genannt wurde, machte ich die ersten Reisen mit meiner Freundin, nach Dänemark, nach Frankreich, nach England und Wales. Ich erinnere mich an eine Fahrt nach Jütland. Es war Sommer, und es herrschte die übliche Tiefdrucklage. Ein scharfer Wind aus Westen trieb rasch wechselnde Wolkenformationen vor sich her, und die Landstraße, die schnurgerade nach Norden führte, war gesäumt von zerzausten, zerfledderten Bäumen. Alle waren sie schräg, gebeugt vom Wind, und auch die hochbeinige Ente, geschüttelt von Böen, neigte sich nach Osten.

Dem 2CV folgten andere Fabrikate. Ein jedes könnte Geschichten erzählen, Geschichten von Liebe und Glück, von Kummer und Zerwürfnis. Doch die meisten dieser Autos sind längst verschrottet, und viele Menschen, denen ich mit ihrer Hilfe begegnet bin, leben nicht mehr. Zuweilen trugen Autos dazu bei, Stimmungen zu verstärken. Ich erinnere mich an eine andere Reise mit einer Freundin. Ziel war Italien. Es gab eine untergründige Gereiztheit, die uns beiden nicht bewusst war. Der schrecklich langsame und schrecklich laute Renault 4, in dem wir aufgebrochen waren, zwang uns dazu, mit erhobener Stimme zu reden, und dann, wenn die geringe Höchstgeschwindigkeit erreicht war, zu schreien. Und je mehr wir scheinbar brüllten, umso mehr brüllten wir wirklich. Ein furchtbarer Streit brach los, und wir brachen die Reise ab.

Einige hunderttausend Kilometer bin ich wohl gefahren, und wenn ich die Fahrten in geliehenen Wagen auf Reisen durch die USA hinzurechne, wäre ich bis zum Mond und wohl auch zurück gelangt. Schwere Unfälle habe ich nie erlebt, wenige leichte selbst verschuldet. Der kurioseste geschah, als ich meinen Citroën GS auf einer abschüssigen Dorfstraße parkte und wie gewohnt den ersten Gang einlegte. Ich lebte damals auf dem Land und besuchte im Nachbarort einen Möbelschreiner, um Regale zu bestellen. Als ich den aus der Tür tretenden Mann begrüßen wollte, wedelte er erschrocken mit den Händen und zeigte nach hinten. Ich drehte mich um und sah, wie mein Wagen langsam davonrollte. In diesem Augenblick fiel mir ein, dass die Schaltung des Citroën höchst unpräzise war und man selten ganz sicher sein konnte, welchen Gang man gerade geschaltet hatte. Ich spurtete hinterher, und nie werde ich das Gefühl vergessen, dem eigenen Auto, das sich immer schneller entfernte, nachzulaufen. Ich betete, die Hauptstraße möge frei sein, und sah zu meiner Erleichterung, dass sich der Wagen auf einen Gegenhang zubewegte, der eine sanfte Landung möglich zu machen schien. In diesem Augenblick kam von rechts ein Ford angefahren. Der Fahrer hupte, weil er Vorfahrt hatte, aber der Citroën reagierte nicht. Es krachte. Der Fordfahrer stieg wütend aus und wollte den Citroënfahrer zusammenschreien.

Doch da war kein Fahrer. Der kam erst angehechelt, außer Puste. Der Blechschaden war beträchtlich.

Autos haben in meinem Leben eine wichtige Rolle gespielt, und ich mag mir nicht vorstellen, eines Tages ohne eigenen Wagen zu sein. Im Grunde brauche ich keinen. Schon lange lebe ich in der Stadt. Alles Notwendige erledige ich zu Fuß, mit dem Fahrrad, per Bus oder Taxi. Sobald ich einen Parkplatz in der Nähe der Wohnung habe, tue ich alles, um das Auto nicht fortbewegen zu müssen. Doch ich liebe Autos, gegen jede Vernunft. Wie in jugendlichen Tagen imponiert mir die Ingenieurskunst. Immer noch kenne ich mich in den neuesten Errungenschaften halbwegs aus. Und sobald jemand Zweifel am Fortschritt äußert, weise ich ihn darauf hin, um wie viel schneller, sicherer und sparsamer die heutigen Autos sind.

Ein neues Auto hat für mich etwas Erotisches. Die Perfektion, die Jungfräulichkeit, der undefinierbare, noch von niemandem gerochene Geruch animieren mich jedes Mal, und selbstkritische Einwände ändern daran nichts. Ich bin jedoch imstande, die technische Erotik mit der wirklichen nicht zu verwechseln, und kann mich nicht daran erinnern, dass eines meiner Automobile Schauplatz jener erotischen Verheißungen oder gar Verwirklichungen gewesen wäre, die ich aus Filmen oder aus Erzählungen kenne.

Zu Beginn jedoch, als ich noch keinen eigenen Wagen besaß, fuhr einmal meine Freundin im Opel Kadett ihres Vaters in einen Waldweg hinein, und wir machten Liebe im Auto, denn draußen war es nass und kühl. »Liebe machen« scheint mir das richtige Wort dafür, denn mehr als »machen« war unter den beengten Umständen nicht möglich. Da wir uns jedoch liebten und schon ein bisschen geübt waren, konnte uns die Schäbigkeit der Umstände nichts anhaben.

Bart

Einen Vollbart hatte ich nie, aber es gab einige Jahre, in denen ich meinen Schnauzbart trimmte. Wenn mir alte Fotos in die Hände fallen, wundere ich mich darüber. Was war der Grund? Vermutlich eine Männlichkeitsidee. Ein Vorbild muss es gegeben haben, aber ich kann mich nicht daran erinnern. Es sei denn, es wäre etwas Seemännisches gewesen, denn von jugendlichen Tagen an liebte ich Seefahrerromane, den *Roten Freibeuter* von Cooper (der allerdings eine erbärmlich gekürzte Ausgabe war, wie ich später bemerkte), den *Moby Dick* (auch er gekürzt) und natürlich *Die Schatzinsel* von Stevenson. Überhaupt hörte ich gern von kühnen Abenteuern. Karl Mays mehr als sechzig Romane, die allerdings nie auf See spielen, habe ich keineswegs alle gelesen, doch immerhin etwa zwanzig. Dass Karl May einen Schnauzer trug, kann kein Vorbild gewesen sein, denn ich sah sein Foto erst viel später. Die Autoren der Romane interessierten mich anfangs überhaupt nicht. Es war mir in jungen Jahren unwichtig, dass Romane Urheber hatten. Ich nahm sie als objektive Zeugnisse wahr. Erst später lernte ich, auf den Autor zu achten, und je mehr ich in das Reich der Bücher eindrang, umso wichtiger wurde er mir. Doch heute noch liebe ich es, ein Buch in die Hand zu nehmen, ohne über den Autor Näheres zu wissen, und das Gefühl zu haben, ich läse ein gewissermaßen unbescholtenes Dokument.

Als ich einige Monate in den USA verbrachte und dort die Frau meines Lebens kennenlernte, die mir als Erste – und das erschütterte mich zutiefst – ins Gesicht sagte, ein Kind von mir haben zu wollen, als mir somit klar wurde, jetzt würde es endlich ernst, erschien mir der Schnauzbart als Relikt einer vergangenen Zeit, und ich rasierte ihn weg. Als ich in meine Stadt zurückkehrte und meiner Gattin eröffnete, ich wolle ein neues Leben beginnen, ich könne nicht anders und bitte sie um Vergebung, war sie erschrocken, verzweifelt, sagte jedoch später, sie habe die dramatische Veränderung schon geahnt, als sie das Verschwinden des Schnauzbarts bemerkt habe.

Seitdem hatte ich nie mehr einen Bart, und mir fällt auf, dass ich die Bärte, die mir begegnen, oft lächerlich finde. Es sind ja nicht die Rauschebärte verwegener Seefahrer, auch nicht die Bartversuche eben der Pubertät entwachsener Männer, sondern die Dreitagebärte halbgarer Künstler oder die schütteren Gesichtsumwucherungen älterer Motorradfahrer, die ihren kreuznormalen Physiognomien eine gewisse Prägnanz verleihen sollen.

Baum

Der erste Baum meines Lebens war der Kirschbaum im Garten des Reihenhauses, in dem ich aufgewachsen bin. Es war ein großer alter Baum, der die köstlichsten rotgelben Früchte trug. Sie befanden sich naturgemäß an den Rändern der Krone, und es war nicht leicht, an sie heranzukommen. Zur Ernte gab es einmal ein Familienfest, und die Verwandtschaft eilte herbei. Der wesentlich ältere Cousin kletterte unter allgemeinem Beifall auf den Baum und sammelte die Kirschen ein. Als er sich immer weiter an den Rand des ausladenden unteren Astes bewegte, brach dieser ab, und der Cousin stürzte mit ihm hinab in die Haselnussbüsche. Niemand wurde verletzt. Das Ereignis gehörte fortan zu den regelmäßig erzählten Höhepunkten der Familiengeschichte.

Ich erinnere mich an den Vorgang nur dunkel, habe jedoch eine andere, deutlichere Erinnerung. Ich sitze unter diesem Kirschbaum, und mir gegenüber ein Mädchen im Kleid. Es ist ein warmer, sonniger Frühlingstag. Im schütteren Gras liegen abgebrochene Zweiglein, schwarz und knotig. Das Mädchen spielt damit an ihrem Geschlecht herum, es ist nackt unter dem Kleid und ermuntert mich, es ihr nachzutun. Eine neuartige Erregung überkam mich. Ich sah etwas vor mir, das einem Brötchen glich und mich auf unbekannte Weise anzog. Es war die erste Begegnung mit einem Geheimnis, von dem ich noch nichts wusste. Später, als ich Courbets Gemälde *L'origine du monde* sah, begriff ich den Maler sehr gut und fühlte mich an das Erlebnis unterm Kirschbaum erinnert. Das Mädchen allerdings war gänzlich unbehaart, etwas älter als ich selbst, vielleicht elf oder zwölf. Wir waren ja noch Kinder. Meine Mutter entdeckte uns und schickte das Mädchen nach Hause. Nie wieder durfte ich mit ihm spielen.

Einen anderen Baum kenne ich von einem Familienfoto. Es zeigt meine Mutter, die auf einer Bank unter einer gewaltigen Linde sitzt. Auf dem Schoß hat sie die kleine Schwester, die beiden etwas älteren sitzen auf ihrer rechten Seite und ich auf ihrer linken. Es ist Sommer. Die Bank steht an einem Feldweg, der durch reife Kornfelder führt. Die Mutter sieht jung und strahlend aus. Sie trägt eine weiße Bluse und einen langen geblümten Rock. Niemand anderer als der Vater kann das Foto gemacht haben. Es muss ein Augenblick familiären Glücks gewesen sein.

Als ich älter geworden war, gab es andere Spiele unter anderen Bäumen. Einmal im Sommer lag ich mit meiner ersten Freundin unter einer großen Buche im Wald. Der Boden war mit welkem Laub, mit Moos und schütterem Kraut bedeckt. Wir lagen auf diesem Bett, umarmten einander und blickten in die grüne, unermessliche Krone des Baumes. Ich trug schwarze Jeans, sie einen weiten geblümten Rock. Wir küssten einander, ich streichelte ihre Brüste und presste meinen Schenkel zwischen ihre Beine. Wir hatten nicht miteinander geschlafen, auch mit andern noch nicht, und wussten beide nicht, wie das ging. Als wir endlich aufstanden und weiterwanderten, bemerkte ich an meiner Hose weißliche Flecken und fragte mich, woher sie gekommen waren. Später, als wir besser miteinander spielen konnten, sagte sie mir, die Flecken seien ihr peinlich gewesen, aber sie habe mir noch nicht sagen können, dass sie feucht werde, wenn sie erregt sei.

Als wir beide geheiratet hatten, zogen wir in ein altes, in einem Park gelegenes Haus, von dem man einen weiten Blick ins Land hatte. An den unteren Rand des steil abfallenden Grundstücks setzte ich eine Linde. Der Baum war damals, vor einem halben Jahrhundert, höchstens zwei Meter hoch, und ich frage mich, wie groß er heute wohl ist, wenn es ihn denn noch gibt. Die alte Regel, ein Mann müsse einen Baum pflanzen und ein Kind zeugen, konnte ich nicht beherzigen. Wir waren die erste Generation, die mit der Pille lebte, und das Kinderkriegen war von nun an eine Sache der Planung. Endlose Diskussionen folgten daraus, meine Frau wollte adoptieren und konnte sich zu einem eigenen Kind nicht entschließen. Am Ende gingen wir auseinander. Den Lindenbaum habe ich nie mehr gesehen.

Bett

Wenn ich mir vor Augen halte, dass ich immer ein Langschläfer gewesen bin, in der Regel acht Stunden schlafe und manchmal mehr, so habe ich ein Drittel meines Lebens im Bett verbracht. Bei dieser Rechnung allerdings fehlen die Tage im Krankenbett oder im Krankenhaus. Ich bin nie lange krank gewesen, aber die Kinderkrankheiten – Masern, Mumps, Scharlach, Windpocken und vermutlich noch ein paar andere – habe ich wie notwendige Prüfungen absolviert. Einmal waren im Elternhaus alle drei Kinder (das jüngste war noch nicht geboren) an Scharlach erkrankt, und die Mutter, eine ausgebildete Krankenschwester, verhängte über Bad und Kinderzimmer eine Quarantäne, sei es aus eigenem Entschluss, sei es auf ärztliche Anordnung. Türschwellen und Türklinken wurden mit Mullbinden umwickelt und mit Sagrotan getränkt.

Später hatte ich zwei Leistenbruchoperationen, eine Operation an der Speicheldrüse (die längste und schwierigste) und die Operation eines Trümmerbruchs am linken Handgelenk. Wenn ich die glücklicherweise vergessenen bettlägerischen Tage wegen Fiebers, Erbrechens, schwerer Erkältung hinzuzählen wollte, schließlich die Zeit vor meiner Zeit, als ich in der Wiege, im Kinderwagen lag, wären es 30 Jahre oder mehr, die ich im Bett verbracht habe.

In wie vielen Betten? Betten in Luxushotels und in Jugendherbergen, in Landheimen und in evangelischen Akademien, in griechischen Pensionen und in amerikanischen Motels. Versiffter Schaumgummi, durchgelegene Matratzen, knarrende Sprungfedern. Die Laken aus schierem Nylon in den englischen Bed & Breakfest-Pensionen, wo die Zimmer klamm waren und die Bratkartoffeln zum Frühstück nach altem Fett schmeckten. Das schwach gepolsterte Bretterbett im ersten Stock eines Kafeterions auf Rhodos, wo mehrere solcher ungelüfteten Matratzenlager standen und wo es meiner Freundin und mir durch schieres Dableiben gelungen war, in eine durch Vorhänge abgetrennte Lagerstatt vorzurücken, die es uns endlich erlaubte, einander zu lieben, was allerdings geräuschlos bleiben musste.

Und lange vor dieser Zeit das riesige Bett in der Klausur des Klosters in Neresheim, wo ich allein und angstvoll lag, ein Knabe noch, der die gewaltigen Schläge der Turmuhr zählte, das Wispern und Stöhnen des Gebäudes hörte, dessen hallenartige Flure und hohe Zimmer ihm schon am Tag unheimlich vorgekommen waren. In einem alten Haus in Connecticut schließlich das hochbeinige Bett mit den großen Pfosten, an dessen Seite ein Trittschemel stand, damit man hinaufgelange, und ich fürchtete mich davor, schlecht zu träumen und aus dem Bett zu fallen. Weil das in die Fensterhälfte eingebaute Klimagerät heftig brummte, gleichwohl die sommerliche Hitze kaum verminderte, lag ich sowieso die halbe Nacht wach und hatte kaum eine Chance zu träumen.

Und dann das pompöse, übermäßig weiche Doppelbett eines völlig heruntergekommenen Hotels in St. Louis, wo ein schwarzer Rezeptionist die unheimlichen Halbweltgestalten, die in der Lobby herumlungerten, schläfrig beaufsichtigte, und wo ich einigermaßen besorgt endlich einschlief, bis ich früh am Morgen von einem Handwerkertrupp, der das Bad zu renovieren begann, durch helle Schläge an die Tür geweckt wurde.

Die besseren Betten habe ich mir gekauft, manche sogar, als das Geld noch knapp war, selbst gebaut. Doch habe ich auch in fremden Betten gelegen. Manchmal zeigte es sich, dass es besser gewesen wäre, ins eigene zu gehen. Alles in allem jedoch waren Betten der Ort des größten Glücks. Eines dieser Betten befand sich in einem Luxushotel an Venedigs Lido. Es war Sommer, es war heiß, und täglich wurde die Bettwäsche aus Leinen erneuert. Es war ein Genuss, sich in den kühlen Laken zu lieben, während sich draußen die blühenden Oleanderbüsche unter dem warmen Nachtwind beugten. Einige Zeit später begriffen meine Frau und ich, dass hier unsere jüngste Tochter gezeugt worden war, an einem schönen, an einem guten Ort.

Ich habe auch Totenbetten gesehen. Das meines Vaters nicht, den ein Hirnschlag plötzlich ereilte, doch das des Mannes einer Freundin, die den Toten auf traditionelle Weise hatte aufbahren lassen. Brennende Kerzen umstanden das Bett, und ich fühlte mich höchst unwohl, weil ich nicht wusste, wie ich mich zu benehmen hätte.

Als meine Mutter hinfällig wurde und ich sie öfter als sonst besuchte, lag sie in ihrem Bett, das nun krankenhausähnlich geworden war. Es hatte eine verstellbare Matratze, so dass sie halb aufrecht darin sitzen konnte. Alles, was sie unmittelbar brauchte, die Arzneien, das Buch, die Brille, das Schnupftuch (es gehörte zu ihr, dass ihr immer die Nase lief, weshalb sie in den Ärmeln ihrer Bluse oder ihrer Strickjacke, seit ich mich erinnern konnte, Taschentücher deponiert hatte) – alle diese Utensilien lagen in ihrer Reichweite. Als sie starb, war ich nicht zugegen. Einen Tag danach sah ich sie auf diesem Bett. Jetzt lag sie flach auf dem Rücken, die Hände gefaltet, die Augen geschlossen. Der Anblick der ruhenden Gestalt und des friedlichen Gesichts rührte mich sehr. Doch das, was da noch mehr in mir berührt war, verstand ich erst viel später und bis heute nicht ganz. Mir kommt der Gedanke, dass ich mein eigenes Totenbett unter Umständen gar nicht werde sehen können.

BH

Als ich endlich so weit war, die Verheißungen des anderen Geschlechts nicht allein zu spüren, sondern ihnen auch zu folgen, fügte es die Mode, dass die Mädchen keine Büstenhalter mehr trugen. Allein das Wort ist monströs, und das Faktum, das es bezeichnet, erschien damals nicht wenigen als Zeichen bürgerlicher Verklemmtheit. Die Mädchen, die Frauen meiner Generation trugen keine BHs mehr, und man konnte, wenn es Sommer war, die Gestalt ihrer ungeschützten Brüste gut erkennen. Ich liebte den Anblick junger Frauen im Sommer, die ihr Täschlein an einem Band mit sich trugen, das zwischen ihre vom leichten Gewebe kaum verdeckten Brüste schnitt und sie auf schöne Weise modellierte. Man fand nichts dabei, es war so üblich.

Im Rückblick erscheint mir diese kurze Phase als Glücksfall. Später lernte ich es, den Verschluss auf dem Rücken durch eine kippende, der Spannung gegenläufige Bewegung zu öffnen. Im Liebesspiel war das ein wichtiger Schritt, so kam es mir jedenfalls vor, und wenn er misslang oder zu viel Zeit in Anspruch nahm, stand der Verführungsversuch auf dem Spiel. Heute weiß ich, dass davon gar nichts abhing.

In meiner Fantasie jedoch spielen Verkleidung und Entkleidung noch immer eine Rolle, weshalb ich die Obenohne-Mode an Badestränden als ambivalent empfinde. Ich sehe sie nicht ungern, aber sie animiert mich nicht. Lieber denke ich an den Augenblick der Offenbarung, wenn sich die Brüste nach scheinbar beiläufig kosenden Handgriffen endlich zeigen. Wobei ich am Ende einer nicht sehr erheblichen Erfahrung weiß, dass ich schwere Brüste nicht mag. Das Bonmot eines entschwundenen Freundes, eine »Handvoll« sei gerade richtig, fällt mir dazu ein. Und meine Hände sind klein.

Als mich die Pubertät jäh überfiel, ging ich heimlich an den Wäscheschrank der Mutter und betastete gierig ihre BHs, die gut gefüttert waren. Und einmal an Weihnachten, als die jüngere Schwester einen BH als Geschenk erhalten hatte, besuchte sie mich abends in meinem Zimmer, hob ihren Pullover und zeigte mir das neue Dessous. Erregt betrachtete ich, betrachteten wir beide ihren Busen. Ich traute mich nicht, ihn zu berühren, wir hatten Glück.

Die BH-Verweigerung wurde nach und nach von einer BH-Welle abgelöst. Auf ihrem Höhepunkt führten übermenschengroße Reklamebilder, die zur Zeit meiner Jugend einen Skandal erregt hätten, neue Inszenierungsmöglichkeiten der Brüste vor Augen. Nicht alle Frauen folgten dem Gebot, und ich sehe das Bild einer Freundin vor mir, die mit einer ärmellosen Bluse bekleidet war. Und ich sah, als wir auf einer Parkbank saßen und plauderten, von der Seite die Spitze einer ihrer zarten, von keinem BH geschützten Brüste.

Blei

Es war noch tief in der Bleizeit, als ich es lernte, Zeitung zu machen. Nach einer Weile traute man mir den Umbruch zu. Das war Anfang der siebziger Jahre bei der *FAZ*. Ich ging täglich um 15.30 Uhr hinüber in die Mettage der Societätsdruckerei, die neben dem Redaktionsgebäude gelegen war. Natürlich hatte ich Anweisungen meines Chefs. Nominell war das Robert Held, der oftmals verreiste Ressortleiter des Feuilletons. Die Geschäfte jedoch führte in der Regel Günther Rühle, der schon damals berühmte Theaterkritiker. Rühle war ein Vollblutjournalist alter Schule. Seine Höchstform erreichte er, wenn der Redaktionsschluss nahte. Es schien so, als würde er umso besser, je weniger Zeit ihm zur Verfügung stand. Von ihm habe ich viel gelernt, unter anderem die Kunst, Nachrufe auf Personen zu schreiben, von denen ich noch nie gehört hatte. Einmal fehlte die Feuilletonglosse. Rühle animierte mich dazu, sie mit ihm um die Wette zu schreiben. Ich verlor sie insofern, als er etwas früher fertig wurde, doch war ich überaus stolz darauf, dass er meine Glosse für gut befand. Sie erschien einen Tag später.

Rühle also hatte mir die Fahnen (Abzüge) der Stücke, die auf die Seite sollten, mitgegeben. Gleichwohl besaß ich eine gewisse Freiheit in der Anordnung und Auswahl. Der Metteur stand mir gegenüber, und der seitengroße Stahlrahmen, in den der Bleisatz und die Überschriften eingefügt werden sollten, lag zwischen uns auf einem der mit Metall verkleideten Tische. Ich nannte die Nummer des Schiffs, der Metteur holte die entsprechende Schublade hervor und packte die Bleizeilen in die von mir angegebenen Spalten. Jetzt zeigte sich, ob mein Augenmaß halbwegs gestimmt hatte. Untersatz war mittels einer Kurzmeldung leicht auszugleichen. Übersatz hingegen konnte schnell zum Problem werden. War er zu groß, musste ich den Metteur bitten, alles wieder auf das Schiff zurückzustellen und ein anderes mit einem kürzeren Text hervorzuholen.

Solche Korrekturen konnte ich mir nicht allzu oft leisten, denn erstens kosteten diese Manöver Zeit und zweitens kosteten sie Muskelkraft – Kraft in den Armen, um die schweren Schiffe herbeizutragen, Kraft in den Händen, um die Linotype-Blocks in den Rahmen einzupassen. Und wehe, wenn einem unachtsamen oder übermüdeten Metteur der Bleisatz aus den Händen fiel: Dann musste man die Zeilen mühsam sortieren oder neu setzen lassen. Falls nun das Stück nur mäßig zu lang war, konnte ich es auf der Fahne kürzen. Am bequemsten für den Metteur war das Absatzende. Er warf die gestrichenen Zeilen in einen Eimer, nahm die letzte gültige heraus und schnitt mit einer schweren Zange das entsprechende Zeilenende ab. Nicht selten, etwa wenn ein Relativsatz gestrichen wurde, stand am Schluss ein Komma. Für den Metteur kein Problem: Mit Hilfe eines harten Stichels verkürzte er es zu einem Punkt. Nicht immer ging es so einfach. Zuweilen musste ich innerhalb der Absätze kürzen, und das bedeutete Neusatz. Man vermied ihn nach Möglichkeit, denn auch er kostete Zeit, und der Andrucktermin stand unweigerlich fest. Auch war die Umbruchszeit auf eine Stunde begrenzt.

Ich war in der Mettage gut gelitten, kannte nach und nach sogar ein paar Maschinensetzer und konnte es mir leisten, mit den auf der Fahne vermerkten Kürzungen nach hinten in den Maschinenraum zu gehen (was eigentlich nicht erlaubt war) und einen der Setzer zu bitten, die Passage neu zu setzen. Ich stand neben der laut lärmenden Linotype-Maschine, an deren Seite der an einer Eisenkette aufgehängte Barren im flüssigen Blei schwamm, und wartete, bis der Setzer fertig war. Der nahm die frisch gegossenen heißen Zeilen mit einem Handschuh heraus und wickelte sie mir in die Fahne ein. Nur so konnte ich sie anfassen und hinüber in die Mettage tragen.

Ich liebte diese Arbeit, und ich mochte die Metteure, vor allem Herrn Graf, mit dem ich auch die Literaturbeilagen zu umbrechen pflegte. Im Tagesdienst bestand das Problem allerdings darin, dass um 16 Uhr Schichtwechsel war, und was ich bis dahin mit Herrn Graf nicht geschafft hatte, musste ich mit Herrn Schöpf zu Ende bringen. Der nun ließ die Sache langsam angehen, zumal er noch die lange Nacht der Politik vor sich hatte. Selbst wenn die Seite so gut wie umbrochen war, so fehlten doch die Überschriften. Sie wurden per Handsatz gemacht, und immer bewunderte ich die stupende Fähigkeit der Metteure, quasi blind in die Setzkästen zu greifen und rasch die Buchstaben aneinanderzureihen. Auch hier waren Änderungen höchst unerwünscht, denn das hieß, dass die Lettern (sie bestanden aus unterschiedlichen Schriftgrößen) wieder in die Setzkästen eingeordnet und andere hervorgeholt werden mussten. Solche Korrekturen stießen bei Herrn Schöpf auf Widerstand. Ich erinnere mich noch an seinen Satz: »Morgen machen wir eine neue Zeitung!« Womit er sagen wollte: Alles halb so wichtig. Die wegwerfende Bemerkung hat mich immer empört, denn natürlich war nichts wichtiger als die Zeitung, die wir gerade machten.

So waren damals die Produktionsbedingungen. Unter ihnen habe ich es gelernt, rasch und endgültig zu entscheiden. Wichtiger als der Inhalt der Entscheidung war, dass sie fiel. Dieser Dezisionismus hat mir in meinem Leben viel genutzt. Doch habe ich ihn auch in privaten Dingen angewendet und zuweilen erfahren müssen, wie schädlich er sein kann.

Die Metteure waren gebildete und hoch bezahlte Facharbeiter, und als die Bleizeit zu Ende ging, verschwand ihr Beruf. Ich weiß von Biografien, die den Wechsel nicht verkraftet haben. Auch für uns Journalisten bedeutete der Übertritt ins Computerzeitalter eine Revolution. Alles in allem hat sie unsere Arbeit beschleunigt und erleichtert. Doch bin ich froh, dass ich beide Epochen der Zeitungszeit erleben durfte. Der Geruch der Bleidünste, der Geruch der schwarzen Farbe, mit der die fertigen Seiten für die Nassabzüge überrollt wurden, ist mir lieb und teuer. Heute, da die Produktion nahezu geruch- und geräuschlos vonstattengeht, glaube ich, dass der Verlust der handwerklich-mechanischen Seite des Zeitungmachens auch einen Verlust an Solidität bedeutet hat. Damals war es schwieriger zu mogeln; mit anderen Worten: Die Zeitungen waren schlechter, aber ehrlicher.

Als Joachim Fest 1973 Herausgeber der *FAZ* wurde, bestimmte er mich dazu, dem neuen Literaturchef Marcel Reich-Ranicki zuzuarbeiten. MRR, wie sein Kürzel lautete, hatte noch nie in einer Redaktion gearbeitet. Hier nun wusste ich Bescheid, und ich brachte ihm bei, wie man Zeitung macht und was Umbruch bedeutet. Ansonsten war er mir an Alter, Erfahrung und Literaturkenntnis weit überlegen, und ich habe viel von ihm gelernt. Doch meinen bescheidenen Kompetenzvorsprung (den er übrigens rasch einholte) hat er immer anerkannt, und auf diese Weise fanden wir ziemlich bald zueinander.

Bleistift

Als ich einmal Peter Handke in seinem Haus besuchte, sah ich auf seinem alten Holztisch eine ganze Galerie von Bleistiften, von kurzen Stummeln und langen Stiften, solchen mit breiter und weicher Mine und anderen mit einer spitzen und harten. Alle Stifte, darunter auch Buntstifte, lagen parallel und waren auf eine nicht sofort plausible Weise geordnet. Mir fiel ein, dass der Schriftsteller eine Sammlung seiner Aufzeichnungen *Die Geschichte des Bleistifts* (1982) genannt hatte, und ich dachte daran, dass auch ich in früheren Tagen, als ich noch keinen Computer besaß, all meine Notizen, meine Tagebücher und meine Zeitungsbeiträge mit einem Bleistift notiert hatte. Mit einem Füllfederhalter zu schreiben, hatte mich immer nervös gemacht, weil die Tinte, wenn ich in eine Denkpause oder gar in eine völlige Gedankenleere geriet, einzutrocknen drohte. Kugelschreiber mochte ich sowieso nicht, weil sie oftmals schmierten und weil mir der Druck, den ich aufwenden musste, um ihre Flüssigkeit aufs Papier zu zwingen, unangenehm wurde.

Das Schreiben – und ich habe in meinem Leben wahrlich vieles geschrieben – war mir immer beides zugleich gewesen, ein Bedürfnis und eine Mühe, eine Lust und eine Qual, mithin so etwas wie eine Sucht. Zur Befriedigung dieser Sucht gehörte es, dass der konkrete Widerstand – der des Papiers, der des Schreibgeräts – möglichst gering zu sein hatte, und deshalb schrieb ich mit immer weicheren, immer dünneren Minen, in einer sehr kleinen Schrift und in engen Zeilen, was zur Folge hatte, dass die Schriftzüge, wenn etwas auf sie einwirkte, und wäre es nur eine unachtsame Handbewegung, leicht verwischten, rasch undeutlich wurden, zumal ich höchst ungern Änderungen des einmal Geschriebenen vornahm, mir allenfalls Streichungen oder mit Sternchen vermerkte Einschübe am rechten Rand der weißen Bögen erlaubte.

Nie habe ich mit der Schreibmaschine wirklich umzugehen gelernt. Zwar liebte ich es als Kind, auf der alten Maschine des Vaters zu spielen, und es faszinierte mich, wie sich aus dem Schema der Tastatur und aus der Härte der Mechanik plötzlich Wörter und Sätze ergaben. Doch später, als ich wirklich zu schreiben begann – das war schon in jugendlichen Tagen, als ich, gequält von pubertären Fantasien, in Gedichten Zuflucht suchte –, war mir die Schreibmaschine eine bloß lästige Notwendigkeit, der ich mich ohnmächtig fügte, ohne sie jemals zu beherrschen. Als ich dann in Redaktionen arbeitete, sah ich Kollegen, die das Gerät geradezu ritten, wie einst der Bauer seinen Traktor geritten haben mag, und mir kam solches Schreiben wie eine frühindustrielle Praxis vor, während ich selbst noch in der Manufakturepoche verharrte.

Ich erinnere mich daran, dass ich als Redakteur bei der *FAZ* Typoskripte von Heinrich Böll auf den Tisch bekam. Der Mann, schon damals berühmt, benutzte eine Schreibmaschine ältester Bauart, deren Typen abgenutzt und verschmutzt waren, und er sparte, als herrsche noch der Mangel der Kriegsjahre, mit dem Papier, das er mit engstem Zeilenabstand betippte und nicht selten über den Rand hinaus. Es kann aber gut sein, dass Böll nicht allein Papier sparen, sondern auch den Redakteur daran hindern wollte, Umstellungen und Einschübe vorzunehmen. Dafür war entschieden kein Platz.

Boot

Schon als Jungem erschien mir das Wasser, das Meer als ein Reich der Freiheit und des Abenteuers, und ich liebte es, Schiffe zu zeichnen und zu malen, vor allem Segelschiffe, denen ich verwegene Namen wie Seeadler oder Sturmvogel gab. Als Geburtstagsgeschenk erhielt ich einmal einen Modellsatz der Gorch Fock, und wochen-, ja monatelang saß ich im Keller an meinem Werktisch, um das Schiff zustande zu bringen. Es war komplizierter als gedacht, es war am Ende eine Geduldsprobe mit Augenblicken schierer Verzweiflung. Und doch hielt ich durch, ließ mich allerdings nicht selten von den Modezeitschriften ablenken, die in einem Regal gestapelt waren und deren Werbung für Unterwäsche mich erregte. Am Ende fehlten nur noch die Segel, und die Mutter nahm die Mühe auf sich, sie nach meinen Anweisungen zu nähen.

Stolz trug ich meinen Dreimaster, der höchstens einen halben Meter lang war, an den Teich des nahe gelegenen Parks und setzte ihn zur Jungfernfahrt aufs Wasser. Einige Jungens waren neugierig dazugekommen. Meine Gorch Fock schwamm recht wacker vor sich hin, bis ein zarter Windstoß in ihre Segel fuhr und sie erbärmlich umkippen ließ. Ich schämte mich schrecklich. Danach befestigte ich Bleigewichte am Holzkiel. Jetzt war das Schiff stabiler, aber segeln konnte es immer noch nicht. Es dauerte eine Weile, bis ich begriff, dass mein Modellschiff ohne Mannschaft, die Ruder und Schoten hätte bedienen können, niemals ordentlich würde segeln können. Die Erkenntnis ernüchterte mich, und ich verbannte das Schiff zuerst auf ein Regal, dann zurück in den Keller. Es muss in einer späteren Tabula-rasa-Laune geschehen sein, dass ich dieses Objekt größter Mühe und größter Enttäuschung herzlos verschenkt oder vernichtet habe. Jedenfalls ist es spurlos aus meinem Leben verschwunden.

Statt zur See zu fahren folgte ich der Idee eines Freundes, nach Wien zu paddeln. Beide waren wir etwa 18 Jahre alt. Der Freundesvater besaß ein Klepper-Faltboot, das er uns für die Reise überließ. Wir fuhren mit dem Zug nach Regensburg, und heute kommt es mir unwahrscheinlich vor, dass wir Knaben oder jungen Männer es schafften, nicht allein unsere Rucksäcke zu schleppen, sondern auch das Zelt und dazu noch die beiden großen Taschen, in denen das Gestänge und die Haut aus Gummi und Gewebe verstaut waren. Es dauerte lange, bis es uns gelang, das Boot zusammenzubauen. Und noch länger dauerte es, bis wir eine Stelle fanden, an der wir es zu Wasser lassen konnten. Wir stopften die Lebensmittel, das Zelt und das Gepäck in den Bug und das Heck und hatten gerade noch Platz, um darin sitzen und das Steuerruder bedienen zu können.

Die Reise dauerte eine Woche, und allmählich fanden wir uns in die neue Lage. Auf der Flusskarte war der Verlauf der Strömung, der Stromstrich, verzeichnet, dem man folgen musste, um die größtmögliche Geschwindigkeit zu erzielen. Sie betrug bis zu fünf Kilometer pro Stunde, und wenn wir uns mit den Paddeln ins Zeug legten, kamen leicht noch einmal fünf dazu. Ein Problem waren die großen Schleusen, die in den Abendstunden schlossen und die wir rechtzeitig erreichen mussten. Kein Wärter würde für ein Faltboot die Schleuse öffnen, und die Aussicht, das

Boot entleeren und alle Einzelteile über die Schleusentreppe hinauf- und hinabtragen zu müssen, trieb uns zur Eile an. Wir hatten aber bei unseren Berechnungen nicht daran gedacht, dass der Strom, je näher er dem Wehr käme, desto langsamer würde, und wir kämpften auf der abendlich dunklen und glatten Wasserfläche, die uns jetzt wie ein endloser See erschien, gegen die Uhr. Erschöpft und mit schmerzenden Armen erreichten wir gerade noch das offene Schleusentor, wo wir uns einem riesigen Schlepper anschließen konnten.

Nun war es dämmrig geworden, und wir steuerten ein flaches Ufer an, wo wir Boot und Gepäck leicht würden an Land schaffen können. Leicht war es nicht, sondern eine fürchterliche Plage, und als wir endlich einen Platz gefunden hatten, an dem wir das Zelt aufstellen konnten, bemerkten wir, dass dies eine der Donauniederungen war, wo Stechfliegen ihre Heimat hatten. Es müssen Tausende gewesen sein, die über die unverhofften Gäste hungrig herfielen. In höchster Eile brachten wir alles Notwendige ins Zelt und schlossen den Eingang. Beide waren wir Pfeifenraucher, und wir qualmten, bis die Fliegen betäubt vom First des Zeltes herabsanken.

Die Tage auf der Donau, umgeben von waldigen Böschungen und lieblichen Landschaften, die Fahrten durch felsige Tore und dann vorbei an städtischen Panoramen, waren zwar keine Seefahrt, aber für mich dann doch eine Art Seeabenteuer, jedenfalls ein Wasserabenteuer. Und Wien, als wir es endlich erreicht hatten, war für die beiden Süßwassermatrosen letztlich eine Enttäuschung. Die Stadt, das konnten wir vom Fluss aus beurteilen, lag gar nicht an der

Donau. Alle Arien und Volkslieder behaupteten das, doch sie lag bloß an einem mickrigen Kanal.

Nein, zur See bin ich nie gefahren, zu meinem Glück, wie ich später begriff, denn Wasser ist mir letztlich fremd und unheimlich geblieben. Das erfuhr ich auf einer herbstlichen Fahrt nach Sardinien, die ich angetreten hatte, um den Segelschein für Küstenrevierfahrt zu machen. Es war Oktober, und als wir in Genua bei frischem Wind aufbrachen, bestimmte mich der Skipper dazu (wir waren sechs Mann an Bord des kleinen Zweimasters), die Fock einzuschäkeln. Als ich in den Bugkorb kroch und unversehens unter mich blickte, als ich sah, wie sich Boot und Meer auf unvorhersehbar dramatische Weise aufeinander zubewegten und voneinander entfernten, als ich die schwarzgrünen Wasser schäumen sah und mich selber als winziges Element darin erlebte, wurde mir derart übel, dass ich die Aufgabe gerade noch erledigen konnte und danach für Stunden an der Reling hockte, um mich zu erleichtern. Seitdem weiß ich, was Seekrankheit ist. Berichte von einer Seetollheit, die dem an ihr Leidenden keine andere Wahl mehr lässt, als sich hinabzustürzen, erscheinen mir höchst verständlich.

So weit kam es mit mir dann doch nicht, aber ich fasste den unabänderlichen Beschluss, im nächsten Hafen das Boot zu verlassen und niemals mehr in meinem Leben schwankende Planken zu betreten. Als die Mannschaft in Calvi an Land ging, um in einem Restaurant ihren Hunger zu stillen, bewegte ich mich auf zittrigen Beinen. Ich taumelte, als wäre ich betrunken. Mit jedem Schritt jedoch wurde ich sicherer, und als die Ratatouille gereicht wurde, von der einen Löffel zu essen ich eben noch für unmöglich gehalten hatte, kostete ich sie dennoch. Sie schmeckte mir zu meinem größten Erstaunen überaus gut, und ich aß und trank wie die Kameraden, vielleicht sogar noch mehr. So blieb ich also an Bord.

Auf der Rückfahrt, als wir abends an der korsischen Westküste nordwärts segelten, kam plötzlich ein Sturm auf, und der Skipper, der seiner gänzlich unerfahrenen Mannschaft nicht traute, ließ die Genua stehen. Sie durch eine Fock ersetzen zu lassen, erschien ihm als zu großes Risiko. Gebannt starrten alle auf das riesige Vorsegel, das dem Druck endlich nachgab und längs der Vorliek entzweiriss. Als der Morgen graute, stand ich am Ruder. Es war nun fast windstill geworden, doch eine gewaltige Dünung schob das Boot gegen die Felsküste, die sich unheildrohend vor einem von Wolkenfetzen zerfurchten blassblauen Himmel abhob. Der Anblick entsprach dem, was die Romantiker »erhaben« nannten. Das wusste ich damals noch nicht, aber die Szene des taumelnden Bootes, auf dem ich mich angeschnallt hatte, damit mich die von hinten einbrechende See nicht über Bord spüle, hat sich mir eingeprägt.

In einer anderen Nacht hatte ich Freiwache und lag in meiner Koje, die etwas unbequem war, weil sie von einer Wante des Großmastes durchschnitten wurde, fand mich aber nach einer Weile zurecht und schlief ein. Hatte aber bald einen üblen Traum, der immer mehr zum Wachtraum wurde und darin bestand, dass ich das Boot gekentert, untergegangen sah, und daran konnte insofern kein Zweifel bestehen, als ich, genau so, als befände ich mich im Abflussrohr einer Badewanne, ein starkes Strudeln und Gurgeln hörte, geradezu spürte. Als ich endlich wach und klar wurde, begriff ich, was passiert war: Die Mannschaft hatte eine Wende gemacht, und während ich auf der stillen Seite, auf der Luvseite eingeschlafen war, war ich auf der Leeseite aufgewacht, und die dünne Bordwand, an der mein Ohr nun lag, befand sich unter Wasser. Fürchterliche Augenblicke lang erlebte ich Todesangst, Ertrinkensangst. Der Schrecken ist mir nie aus dem Gedächtnis verschwunden, und meine Furcht vorm Wasser hat damit zu tun. Festen Boden unter den Füßen zu haben, erscheint mir immer wieder als Glück.

Brille

Ein frühes Foto, aufgenommen von einem professionellen Fotografen, zeigt meine schöne Mutter mit einem etwa einjährigen Knaben auf dem Arm. Das Bild erinnert an Darstellungen von Maria und dem Jesuskind. Der Knabe bin ich, und wenn man genau hinschauen wollte, so würde man vielleicht bemerken, dass meine Augen unterschiedlich sind: Das rechte blickt weniger intensiv als das linke, und in der Tat hatte ich von Geburt an eine bis heute merkliche Sehschwäche. Sie hat mir nie wirklich geschadet, abgesehen vielleicht davon, dass ich weder Pilot noch Astronaut hätte werden können, auch kein Major oder General der Bundeswehr. Jenes hatte ich sowieso nicht im Sinn, und dieses erledigte sich, als ich bei der Musterung in die Ersatzreserve IV eingestuft wurde. Ich war froh, nicht zum Bund zu müssen, doch gebe ich zu, dass mich die Herabstufung in die unterste Riege der Vaterlandsverteidiger ein bisschen gewurmt hat.

Schon früh bekam ich vom Augenarzt eine Brille verordnet, damit sich das schwächere Auge dem stärkeren zuordnen könne. Es neigte dazu, den Dienst zu quittieren, was sich darin äußerte, dass ich schielte. Als Brillenträger gehörte ich zu den in der Grundschule kaum vorhandenen und am Gymnasium immer noch seltenen Außenseitern, und ich bin sicher, dass dieses Handicap viel von dem bestimmt hat, was später aus mir wurde. Es war zum Beispiel klar, dass ich mich an den Prügeleien, die unter den Jungen meines Alters üblich waren, nie beteiligen konnte. Die Brillengläser waren aus hartem Glas, und sobald sie zu Boden fielen, zersplitterten sie. Die billigen Gestelle bestanden aus Kunststoff, der den Nachteil hatte, bei Kälte spröde zu werden. Ich erinnere mich daran, dass mir einmal beim Skilaufen die Brille von der Nase in den tiefkalten Schnee fiel und dass sie, als ich sie ausgegraben hatte, am Bügel in zwei Teile zerbrochen war.

Mein Vater, der privat versichert war, musste alle Reparaturen oder Neuanschaffungen aus eigener Tasche bezahlen, und ich wurde zu äußerster Vorsicht angehalten. Brillen waren kostspielig. So wurde ich ein braver Junge. Allerdings einer, der zuweilen, wenn es ernst wurde, um sich schlug. Es gab auf dem Spielplatz einen gleichaltrigen Burschen, der das Revier beherrschte und der keine Gelegenheit versäumte, mich zu demütigen und mir klarzumachen, wer hier der Boss sei. Der Platz jedoch war öffentliches Gelände, jeder hatte dort das gleiche Recht, und ich empfand immer stärker das Gefühl tiefer Ungerechtigkeit. Es lud sich derart auf, dass ich eines Tages auf diesen Spielplatz ging, wo mein Feind allein in der Sandkiste saß. Jedenfalls sehe ich das Bild so vor meinen Augen, doch ist es durchaus wahrscheinlich, dass auf dem geräumigen Gelände noch einige Mütter mit ihren Kinderwagen anwesend waren.

Für mich spielte das keine Rolle. Denn ich marschierte stracks und herausfordernd auf meinen Gegner zu, der so überrascht war, dass er meiner wie vom Himmel herab mobilisierten Kampfeslust nichts zu entgegnen wusste. Kurz: Ich schlug ihn mit wenigen entschlossenen Hieben in die Flucht. Noch hatte ich keine Wildwestfilme gesehen, doch später, als ich lernte, was ein Showdown ist, sah ich mich auf der Diagonale des Platzes im entscheidenden Kampf, und es wird wohl ein Glück gewesen sein, dass wir Knaben, anders als Gleichaltrige in anderen Kampfzonen, unbewaffnet gewesen sind.

Buch

Ein Brief, den ich im Alter von sechs Jahren an meine Mutter geschrieben habe, fiel mir kürzlich in die Hände. Ich war damals in einem Erholungsheim für Kinder, weil ich infolge diverser Krankheiten untergewichtig und schwach geworden war. Das ehemalige Kloster lag an einem See im Süden Deutschlands und wurde von katholischen Schwestern geführt. Ich erinnere mich an die Wanderungen durch das Schilf, wo wir Kinder Muschelschalen sammelten, an die gymnastischen Übungen auf Gummimatten, an den großen und hohen Schlafsaal, wo wir Knaben, von denen ich keinen kannte, das Zusammenlegen der Wolldecken erlernten. Nach dem Mittagessen, das vollständig vertilgt werden musste (es gab nur Ermahnungen im Fall des Misslingens, keine Strafen), war Bettruhe verordnet. Man durfte allerdings, wenn man partout nicht schlafen konnte, lesen. Eben deshalb hatte ich meiner Mutter geschrieben: »Liebe Mama schick mir bitte das buch wo brüder grimm heißt.«

Die sechs langen Wochen waren für mich eine einzige Heimwehqual. Doch früh schon hatte ich lernen müssen, tapfer zu sein und mich zu fügen. Der einzige Ausweg, den ich sah, war das Lesen, und das erste Buch, mit dem ich Freundschaft geschlossen hatte, waren Grimms Märchen. Die Mutter hatte mir daraus vorgelesen, auch aus anderen Büchern, und ich fand das derart wunderbar, allerdings immer zu kurz, dass ich daranging, die Kinderbücher selber lesen zu lernen. Ich konnte das schon recht gut und weit früher, als das Schulpensum es erforderte. Die Ausgabe von Grimms Märchen jedoch war in der alten Fraktur gedruckt, und zäh kämpfte ich mich durch die seltsamen Buchstaben. Allmählich beherrschte ich sie, mit Ausnahme des gotischen »x«, das ich als ein »r« las, weshalb ich die Hexe als eine Herre verstand. Das war nicht vollkommen falsch, und heute weiß ich, dass die Lesart Feministinnen gefallen könnte. Am Ende kannte ich alle Märchen, mit Ausnahme der niederdeutschen. Es wurmte mich, dass ich die Geschichte *Von dem Fischer un siine Fru* zwar erahnen, aber nicht wirklich verstehen konnte.

So kam ich zum Lesen, und es wurde eine Sucht, die von der Mutter kontrolliert werden musste. Abends, wenn das Nachtgebet gebetet und der Gutenachtkuss geküsst war, las ich mit der Taschenlampe unter der Bettdecke. Durch den Spalt der Tür, die mein kleines Zimmer, eigentlich eine Abstellkammer, verschloss, wäre ein stärkeres Licht unweigerlich sichtbar gewesen. Ich las allerlei abenteuerliche Jugendromane, darunter natürlich Karl May, und bearbeitete Ausgaben von Charles Sealsfield, von dem ich später in Erfahrung brachte, dass er ein österreichischer Auswanderer war und ursprünglich Karl Postl hieß. Die Bücher wurden mir zum Teil geschenkt, aber sie waren teuer damals, und die Haushaltskasse erlaubte solche Ausgaben durchaus nicht. So besuchte ich kommerzielle Büchereien, wo man für geringe Beträge die beliebten Bücher ausleihen konnte. Die Bände waren abgenutzt und speckig, doch ihr muffiger Geruch stieß mich keineswegs ab.

Ich las alles, was mir in die Hände fiel, darunter auch die Kinderbücher, die meine Mutter aus dem zerbombten Elternhaus gerettet hatte. *Nesthäkchen* von Else Ury und *Heidi* von Johanna Spyri gehörten dazu. Sie galten als Mädchenbücher, doch störte mich das nicht. Im Gegenteil: die sentimentalen Geschichten kamen meiner knäbischen Empfindsamkeit sehr entgegen, und ich erinnere mich daran, dass ich bei der Lektüre von Johanna Spyris Erzählung *Heimatlos* bittere Tränen vergoss. Das Schicksal des italienischen Waisenknaben am Silser See, den eine rüde Verwandte mit seinem Kummer herzlos alleinlässt und der nichts besitzt außer einer Geige, auf der er die Lieder spielt, die sein Vater ihm vorgesungen hat, rührte mich in einem Ausmaß, das ich heute nicht mehr verstehe. Kürzlich habe ich die Geschichte wieder gelesen. Ich fand sie keineswegs so tragisch, wie ich sie in Erinnerung hatte, fand im Gegenteil das glückliche Ende tröstlich, und ich kann daraus nur schließen, dass ich mich verändert habe, nicht mehr dieselbe Person bin wie damals. Vielleicht ist es ein Gewinn, vielleicht ein Verlust.

Später, als ich im Lesen fortgeschritten war, machte ich mich an die häuslichen Regale. Dort standen Nachschlagewerke, darunter der Pschyrembel, das medizinische Lexikon, das mich jedoch nicht sonderlich reizte, obwohl es anatomische Bilder enthielt. Mehr interessierte mich die Literatur. Die nordische war gut vertreten, und begierig las ich die Romane *Und ewig singen die Wälder* sowie *Das Erbe von Björndal* des Norwegers Trygve Gulbranssen. Worum es da ging, ist mir entfallen, aber ich weiß noch, dass ich angesichts der tragischen Entwicklungen oftmals den Tränen nahe war. Schwieriger war *Olav Audunssohn* von Sigrid Undset, ich las den Schinken, ohne ihn wirklich zu verstehen. Tief beeindruckt war ich von Knut Hamsuns Liebesgeschichten, und ich ahnte manches von den pubertären Leiden, die mir noch bevorstanden. Die Eltern waren keine Nazis, aber ihr Literaturgeschmack stand im Bann eines konservativen, der nordischen Literatur zugeneigten Zeitgeistes. Auch die katholischen Schriftsteller Stefan Andres, Reinhold Schneider und Werner Bergengruen standen auf den Regalen, ich las sie und verstand wenig davon.

Hamsun, Andres, Bergengruen und Schneider habe ich viele Jahre später erneut gelesen, vor allem den großen Hamsun, und mich gefragt, was ich damals, und ich kann nicht älter als fünfzehn, sechzehn gewesen sein, daran gefunden habe. Etwas zu lesen, ohne es gänzlich zu verstehen, erscheint mir als die entscheidende Initiation ins Reich der Literatur. Die gegenwärtige Pädagogik, die den jungen Leser nicht überfordern will und die obligatorischen Texte im Hinblick darauf auswählt, ob sie ihn in seinem Leben abholen können, kommt mir fragwürdig vor. Auch wenn ich mein heutiges Verständnis mit der damaligen Lektüre in kaum einen Zusammenhang mehr zu bringen vermag, so glaube ich doch, dass mir die wenig verstandenen Bücher den Zugang zu einer anderen Welt erschlossen haben. Und sie haben mir ein Gefühl dafür vermittelt, dass das alltägliche Leben, in dessen eng gezogenen Grenzen ich aufwuchs, nur ein Schatten der gewaltigen Chancen war, die allen Wagemutigen offenstanden. Wagemutig wollte ich sein – und bin es für meine Verhältnisse zuweilen gewesen, wenngleich meine wirklichen Abenteuer hinter den gelesenen deutlich zurückblieben.

Meine Tante, bei der ich viele Nachmittage verbrachte, war (anders als meine Mutter) eine genuine, eine leidenschaftliche Leserin. Sie hatte, so weit ich das weiß, nie einen Mann und lebte immer allein. In ihrer Ein-Zimmer-

Wohnung mit dem bequemen Sofa und den Plüsch-Sesseln standen Glasschränke, in denen nicht allein die bescheidene Sammlung von Gläsern und Geschirr untergebracht war, sondern auch eine kleine und, wie ich es heute sehe, exquisite Bibliothek, die Klassikerausgaben von Shakespeare, Schiller oder Dostojewski enthielt, daneben aber auch Werke von Jeremias Gotthelf, Gottfried Keller und Adalbert Stifter. Stifters *Bergkristall* hat sie mir vorgelesen, und die Geschichte hat sich mir tief eingeprägt. Auch *Witiko* und *Der Nachsommer* standen auf den Regalen. Beide Romane habe ich erst sehr viel später gelesen, aber meine Liebe zu Stifter geht auf meine Tante zurück. Sie erlaubte mir, in den Regalen herumzustöbern. So las ich etwa die seinerzeit angesehenen *Westermanns Monatshefte*. Gotthelfs Roman *Uli der Knecht* verlockte mich wegen seines Titels. Ich dachte, die Geschichte müsse mit mir zu tun haben. Obwohl ich mehrere Versuche unternahm – ich kam nicht darauf, war enttäuscht und habe das Buch seitdem nicht mehr in die Hand genommen.

Es müssen diese frühen Leseerlebnisse gewesen sein, die mich dazu bewogen, ein Literaturstudium zu beginnen. Obwohl es mich gelegentlich enttäuschte, manchmal sogar langweilte, hat mich das eigentliche Motiv, nämlich einer unerfreulichen Gegenwart zu entrinnen und Zuflucht zu fremden Welten zu suchen, nie verlassen, und je mehr ich in den gewaltigen Dschungel namens Literatur vordrang, umso mehr lockte er mich. Kafka, Hölderlin, Kleist, Melville, Poe gehörten zu den Leitsternen meiner Expeditionen. Sie haben mein Bild von der Welt und meiner Rolle in ihr geprägt, und ohne diese Lektüre wäre ich wohl ein anderer geworden.

So begann ich Bücher zu sammeln. Nicht allein meine Lieblinge, sondern auch solche, von denen ich dachte, sie kennen zu müssen, theoretische, wissenschaftliche. Als ich Stipendiat des Cusanuswerks wurde, bekam ich ein kleines Büchergeld, und noch heute besitze ich das Heft, in dem ich die sorgfältig überlegten Buchkäufe eingetragen habe. Als ich in Tübingen studierte, gehörte der tägliche Gang in die Osiandersche Buchhandlung zu meinem Pensum, und begierig stand ich vor der Phalanx der Bücher, die ich alle lesen wollte.

In Tübingen hatte ich ein Proseminar zu Hegels Rechtsphilosophie belegt. Dass es just in jenem ehrwürdigen Gebäude hoch über dem Neckar stattfand, wo Hegel einst studiert hatte, beeindruckte mich tief, und ich fühlte mich dem Olymp nahe. Doch als ich das Werk – es war die grüne Ausgabe des Felix Meiner Verlags – lesen wollte und nichts verstand, verzweifelte ich an mir selbst und an der Welt. Der junge und engagierte Dozent jedoch verpflichtete unsere kleine Truppe dazu, das ganze Buch in einem Rutsch und ohne Rücksicht auf Verluste zu lesen. Er sagte uns voraus, dass wir wenig oder nichts begreifen würden, doch anders sei es zu Beginn nicht möglich. Auf Basis dieser unverstandenen Lektüre müsse man gemeinsam von Neuem beginnen, und dann werde allmählich klar, was Hegel gemeint habe. So kam es. Die qualvolle, endlose Tage dauernde Lektüre eines völlig undurchsichtigen Textes sind mir noch heute in Erinnerung. Die Lichtblicke, die ich damals gewonnen hatte, waren mir entschwunden, bis ich mir vor einiger Zeit aus konkretem Anlass Hegels *Philosophie des Rechts* aufs Neue vornahm und zu meiner Freude bemerkte, dass ich sie recht gut verstand. Die seinerzeitigen Mühen waren nicht vergeblich gewesen.

Ein Büchersammler bin ich nie geworden, bibliophile Leidenschaften sind mir fremd. Da ich viele Jahre lang Mitglied von Redaktionen war, die von nahezu allen Verlagen mit Freiexemplaren eingedeckt wurden, erschien mir die Flut ankommender Bücher fast als eine Bedrohung, weil ich glaubte, möglichst viele davon kennen zu müssen. Als ich verantwortlicher Literaturredakteur der *ZEIT* war, gehörte es selbstverständlich zu meinen Pflichten, vom Stand der Produktion Kenntnis zu haben. Gelitten habe ich darunter nicht, empfand jedoch, als ich nach zehn Jahren das Amt meinem Nachfolger übergab, eine nicht geringe Erleichterung. Endlich konnte ich die Bücher lesen, die ich schon immer hatte lesen wollen.

Vor einigen Jahren besuchte ich den Schriftsteller Alberto Manguel in seinem Haus in Frankreich. Es lag in einem winzigen Dorf, zwei Stunden südlich von Paris. An die Seite des früheren Pfarrhauses war auf diskrete Weise ein schmaler, langer Neubau angefügt worden, der fast keine Fenster enthielt, nur eine Glastür zum Garten und Innenhof. An den Wänden standen exquisit gestaltete Regale, wo die mehr als 30000 Bände, verfasst in vielen Sprachen, ihren Platz gefunden hatten. Davor waren Tische, auf denen Folianten lagen, und dazwischen bequeme, mit kleinen Leselampen versehene Sessel. Ich setzte mich in einen davon und dachte an den Satz Manguels, den er mir im Gespräch gesagt hatte: »Meine Erfahrung des Lesens ist meine Erfahrung der Welt.«

Ich zögerte, die Sentenz zu unterschreiben. Bei mir war es wohl umgekehrt: Erst kam die Erfahrung der Welt, und das Lesen war für mich die Möglichkeit, mit dieser Erfahrung besser umzugehen. Doch dann fiel mir ein, was Manguel hinzugefügt hatte: Wir alle konstruierten immerzu Modelle der Wahrnehmung. Um wirklich eine Erfahrung machen zu können, müssten wir sie uns selber erzählen können, und die Muster dieser Erzählung fänden wir in der Literatur, sie biete uns die Formen der Aneignung. Heute glaube ich, dass Manguel damit recht hat und dass die eigentliche und letzte Bedeutung der Literatur eben darin besteht.

Das Buch der Bücher, die Bibel, habe ich in jenen Kostproben kennengelernt, wie sie im Religionsunterricht und in den katholischen Gottesdiensten zu Gehör gebracht wurden. Später hielt ich nicht mehr viel davon, die Geschichten kamen mir abstrus, unglaubwürdig vor. Erst in den vergangenen Jahren habe ich begriffen, dass die Bibel zu den reichsten und großartigsten Werken der Weltliteratur zählt und dass die Wahrheit, die sie verkündet, nichts ist, was man schwarz auf weiß nach Hause tragen könnte. Wenn ich gefragt würde, welches literarische Werk ich für das schwierigste und großartigste halte, so müsste ich antworten: die Bibel.

Heute ist es üblich geworden, Bücher nicht mehr nur auf Papier zu lesen, sondern auch mit elektronischen Hilfsmitteln. Ich verkenne nicht den Vorzug dieser Technik, und als ich über einige Jahre Mitglied von Jurys war, etwa der des Deutschen Buchpreises und der des Preises der Leipziger Buchmesse, empfand ich es als hilfreich und bequem, die von den Verlagen eingereichten Titel nicht zu Hause stapeln zu müssen, sondern als Dateien auf meinem Lesegerät speichern zu können.

Und doch bin ich ein altmodischer Anhänger des gedruckten Buches. Es ist mir ein tiefes, vielleicht irgendwann als archaisch geltendes Bedürfnis, die hoffentlich gut gestalteten und schön gedruckten Produkte in die Hand nehmen und sie aufschlagen zu können. Zu meiner Freude machen die meisten Verlage, vornehmlich die deutschsprachigen, immer noch exquisite Bücher auf Papier, und ich kann mir nicht vorstellen, auf sie verzichten zu müssen. Das Buch in dieser alten Form hat für mich etwas nahezu Heiliges, und wenn ich damit arbeite, erlaube ich mir höchstens zarte Bleistiftmarkierungen am Rand – und auch das nur bei eigenen Büchern. Die Entleiher von Bibliotheksexemplaren, die ihre unverstandenen Lesefrüchte mit Kugelschreiber oder gar mit Filzstift markiert haben, hasse ich, und wer für sie die Todesstrafe verlangte, dürfte meines Beifalls sicher sein.

Büro

Das erste Büro war das meines Vaters, wo Zeichentische standen und die Wände voller Baupläne waren. Dort durfte ich die Knetreste zusammenkneten, damit der Vater daraus neue Modellteile schneiden konnte. Die Modelle waren nur grobe Abbildungen, damit man von der Lage und den Proportionen der Gebäude einen Eindruck hätte. Ich verstand wenig davon, aber ich fühlte mich als Mithelfer ernst genommen. Der Geruch der Knetmasse faszinierte mich, mehr noch der Ammoniak-Geruch der Blaupausen, die mein Vater aus dem Entwicklerschrank holte.

Mein erstes eigenes Büro hatte ich bei der *FAZ*. Ich war dort Jungredakteur, saß aber immerhin in einem eigenen kleinen Zimmer. Der für das Feuilleton zuständige Herausgeber Karl Korn hatte mich eingestellt, nachdem ich zwei Jahre lang Beiträge für das Blatt verfasst hatte. Schon als Student hatte ich mich für eine Hospitation beworben. Die Lokalausgabe der *FAZ* pflegte die Liste derer, die das Abitur bestanden hatten, zu veröffentlichen und ihren Berufswunsch hinzuzufügen. Ich war als Abiturient des Heinrich-von-Gagern-Gymnasiums aufgeführt, und hinter meinem Namen stand: »Journalist«. Für die Hospitation gab es an die zwanzig Bewerber. Wir mussten eine schriftliche Prüfung ablegen, die darin bestand, ein Thema in vorgegebener Länge (etwa eine Maschinenseite) innerhalb von zwei Stunden abzuhandeln. Damals gab es in der Großen Koalition unter Kurt Georg Kiesinger den Versuch, das geltende Verhältniswahlrecht durch ein Mehrheitswahlrecht zu ersetzen. Diese Frage war eines der drei zur Auswahl stehenden Sujets, und ich schrieb ein flammendes Plädoyer für die Beibehaltung des Verhältniswahlrechts, was ich heute, der ich mittlerweile dem Mehrheitswahlrecht zuneige, als einen Fehler betrachte. Ob Fehler oder nicht: Ich wurde als einer von drei Hospitanten aufgenommen.

Dass ich schließlich nach bestandenem Examen eine Redakteursstelle erhielt, verdankte sich wohl nicht nur meinen Leistungen als Mitarbeiter, sondern auch der Tatsache, dass zwei namhafte Kollegen auf ungewisse Zeit hin erkrankt waren, was dazu führte, dass ich, obwohl bislang höchstens durch Literaturkritiken aufgefallen, plötzlich Filmkritiker wurde und auf die damals wichtigen Kurzfilmtage nach Oberhausen geschickt wurde. Es war eine aufregende Prüfung meiner Anpassungsfähigkeit und Reaktionsschnelligkeit, die ich in den Augen der zuständigen Kollegen offenbar bestand. Jedenfalls war ich danach ein akzeptierter Redakteur des Feuilletons. Gleichwohl neige ich nicht dazu, meine damaligen Berichte und Kritiken noch einmal zu lesen.

In mein schmales Zimmer trat einmal Karl Heinz Bohrer herein, damals Literaturchef der *FAZ*, und stellte mir eine Frage, die ich vergessen habe. Ich weiß aber noch, dass er mich, der sich gestört, gleichwohl geehrt fühlte, weil der große Bohrer ihn etwas fragte, binnen Kurzem in eine Diskussion verstrickte, an der ich immer lebhafter Anteil nahm, bis Bohrer – nahezu mitten im Satz – ebenso plötzlich verschwand, wie er gekommen war. Am nächsten Tag, als ich die Feuilleton-Glosse las und die in unserem Gespräch ausgetauschten Argumente dort wiederfand, begriff ich, weshalb er mich aufgesucht hatte. Ich war keineswegs eifersüchtig, fühlte mich eher geschmeichelt und habe daraus gelernt, wie produktiv es sein kann, sich mit Kollegen auszutauschen, wenn man mit einer noch unklaren Idee schwanger geht. Ich kann von Glück sagen, dass ich solche Kollegen immer wieder gefunden habe.

Mein zweites Büro hatte ich in Hamburg bei der *ZEIT*. Es war nicht groß, aber als ich es an meinem ersten Tag betrat, fand ich einen Willkommensgruß meines neuen Chefs Fritz J. Raddatz und einen prächtigen Blumenstrauß. Das war ein wunderbarer Start, dem naturgemäß manche Enttäuschungen folgten. Alles in allem jedoch waren die Jahre unter und vor allem mit FJR, wie sein Kürzel lautete, gute und lehrreiche Jahre. Als ich in das zur Westseite gelegene Büro von Raddatz, dessen Nachfolge ich antrat, hinüberwechselte, konnte ich zwar die grandiosen Sonnenuntergänge bewundern, fand jedoch selten Muße dafür. Das Zimmer erschien mir zu groß und die neue Verantwortung erst recht.

Im Verlauf meiner Dienstzeit habe ich nach und nach immer größere Büros bezogen, die allerdings nicht allein mir selber dienten, sondern den Zusammenkünften einer zahlreicher gewordenen Mannschaft, so dass ich mein Chefzimmer kaum noch als einen Ort der Konzentration und des Rückzugs betrachten konnte. Ich erinnere mich daran, dass die Kentia-Palme, die ich in die Ecke der Sitzgruppe gestellt hatte, damit das Konferenzzimmer wohnlicher aussähe, einen Kollegen dazu animierte, ihr die Blätter abzuzupfen und sie auf grobe Weise hin- und herzuschieben. Heute kommt mir dieses lausbübische Verhalten auf doppelte Weise bezeichnend vor: Einerseits sehe ich darin das Vorzeichen jenes Aufstandes, den der Kollege später gegen mich angezettelt hat und dem ich mich am Ende ergab. Andererseits frage ich mich, ob die Palme (mit der ein Büro zu schmücken heute niemandem mehr einfiele) Zeichen eines unzeitgemäßen Verständnisses meiner Aufgabe gewesen ist, ob ich also meinen Rücktritt auf symbolische Weise damit eingeleitet habe.

Der erwähnte Kollege hieß Benjamin Henrichs. Er war seinerzeit nicht allein ein namhafter Theaterkritiker, sondern auch so etwas wie die graue Eminenz des *ZEIT*-Feuilletons. Seine stilistische Brillanz, seine schlagfertige Intelligenz, die er auch in Konferenzen demonstrierte, waren legendär, und sein Einfluss auf interne Debatten erheblich. Sein Ruf war eine Weile lang so groß, dass man ihm sogar die Leitung des Ressorts angetragen haben soll – nachdem dann ich gefragt wurde. Unser Zwist entzündete sich an der Besetzung einer neuen Stelle. Er hatte einen bestimmten Kandidaten im Sinn, ich hatte andere Pläne. Er berief sich auf angebliche Zusagen meinerseits. In der entscheidenden Sitzung rief er, als ich auf meiner alleinigen Zuständigkeit bestand: »Sie lügen und betrügen!« Damit war klar: Er oder ich. Eine Theatersituation. Ich war von dieser Attacke derart schockiert, dass ich in ein Gelächter ausbrach. Darauf Henrichs: »Sie lachen wie Helmut Kohl!« Heute muss man vielleicht hinzufügen, dass ein Vergleich mit Kohl damals (1995) unter Intellektuellen, für die wir uns hielten, eine üble Beschimpfung bedeutete. Ich war derart verletzt, dass ich nach einem langen und guten Gespräch mit meinem Chef Robert Leicht den Rücktritt bekannt gab. Ich habe ihn nie bedauert. Die Infamie jedoch »Sie lügen und betrügen!« hat mich über viele Jahre bis in die Träume hinein verfolgt.

Der Theaterkritiker Henrichs muss es irgendwann verlernt haben, zwischen den Brettern, die die Welt bedeuten, und der Welt zu unterscheiden. Jedenfalls wiederholte sich die beschriebene Theatersituation, als Henrichs Jahre später ultimativ die Absetzung der Ressortleiterin Sigrid Löffler verlangte – andernfalls stelle er sein Amt zur Verfügung. Der Chefredakteur Roger de Weck, dergestalt erpresst, gab Henrichs den Laufpass und sagte mir später, er habe selbstverständlich gar nicht anders entscheiden können und sich darüber gewundert, dass der intelligente Kollege diesen offenkundig falschen Zug gemacht habe.

In bürokratischen Institutionen (auch Zeitungen gehorchen dieser Regel) ist die Bedeutung einer Funktion an die Größe des Büros gekoppelt. Mir war das durchaus geläufig, und folglich habe ich, als ich noch Ämter innehatte, danach getrachtet, viele »Achsen« und Fenster zu gewinnen. Und doch war es mir, als ich ins Glied der *ZEIT*-Pauschalisten zurücktrat, eine Erleichterung, bloß noch ein kleines Zimmer zu haben, kein richtiges Büro also, dessen Zugang eine Sekretärin bewacht hätte. Darauf legte ich auch früher keinen Wert. Ich hielt es immer so, dass die Tür zu meinem Zimmer offen stand, so dass jeder Kollege ungehindert Zutritt hatte.

Das größte Büro, das ich je zu Gesicht bekam, war das des kirgisisch-russischen Schriftstellers Tschingis Aitmatow. Es war im Frühjahr 1989, als ich ihn besuchte. Gorbatschow hatte die Sowjetunion geöffnet, aber es gab sie noch, und Kirgisien war eine Sowjetrepublik. Ihre Hauptstadt hieß damals Frunse, zu Ehren des Generals Michail Wassiljewitsch Frunse. Sein gewaltiges Denkmal stand auf dem Bahnhofsplatz. Stalin hatte, nachdem Frunse 1925 in Moskau an einer

Magenoperation gestorben war (und viele sagen, das sei kein Zufall gewesen), angeordnet, dass die kirgisische Hauptstadt Bischkek, wo Frunse geboren worden war, nach ihm benannt wurde. Heute heißt sie wieder Bischkek wie ehedem.

Das Regierungsviertel in Frunse war eine kirgisische Variante der stalinistischen Architektur: riesige Plätze, gewaltige Marmorfassaden, die an den Ecken schon etwas bröckelten. Meine Dolmetscherin und ich irrten durch die Gebäude, eilten durch lange Korridore, bis wir endlich das Büro des Vorsitzenden des kirgisischen Schriftstellerverbandes atemlos erreichten. Es hatte mehrere Vorzimmer, und in jedem saß ein Sekretär, von dem ich jeweils dachte, es sei Aitmatow. Als wir nach geziemender Wartezeit zu ihm gelassen wurden, betraten wir einen gewaltigen Saal. In der Mitte stand ein langer Konferenztisch, umrahmt von roten Samtstühlen, und am Ende des Raumes der mächtige Schreibtisch des Vorsitzenden, den man, um seine Bedeutung richtig einzuschätzen, als Literaturminister zu verstehen hatte.

Mit fremden Büros habe ich wenig Erfahrung, habe immerhin das Büro des Bundespräsidenten Weizsäcker und das des Außenministers Kinkel zu Interviewzwecken betreten dürfen, doch keines hatte auch nur annähernd die Ausmaße desjenigen von Tschingis Aitmatow. Er war ein Politiker, der sich im komplexen Sowjetsystem zu behaupten wusste, vor allem jedoch ein bedeutender Schriftsteller, der dem tragischen Zusammenprall von Moderne und Archaik große und bleibende Romane abgewann. Er starb 2008, nachdem er der letzte sowjetische Botschafter in Luxemburg gewesen war. Dieses Büro kenne ich nicht.

Buggy

Das Wort begegnete mir erst später, als ich Kinder hatte und als das, was früher lediglich Kinderwagen hieß, in einer ganzen Palette unterschiedlicher Fahrzeuge angeboten wurde. Den Kinderwagen, in dem ich einst lag, kenne ich aus alten Fotos. Es war derselbe, in den meine jüngeren Geschwister gebettet wurden, und da meine Mutter pausenlos am Stillen, am Windelnwechseln und am Windelnwaschen war, vom Kochen und Putzen nicht zu reden, wurde ich, der Älteste, schon früh für leichtere Dienste eingespannt. Dazu gehörte das Einkaufen, und ich sehe noch die weiß beschürzte Inhaberin des säuerlich riechenden Milchladens vor mir, die mir die Milch in die Blechkanne pumpte. Außerdem durfte oder musste ich meine jüngere Schwester im Kinderwagen ausfahren, und der Reiz der Sache bestand darin, dass ich, wenn der Weg abschüssig war, dem Gefährt mit ordentlichem Anlauf einen Schwung gab und mich dann auf die hintere Achse stellte, um mit meiner kleinen Schwester hinabzubrausen. Ich ahnte, dass das nicht erlaubt war. Die Lederriemchen, an denen das Gehäuse am Chassis aufgehängt war, hielten dem Gewicht nach einer Weile nicht mehr stand. Zudem waren meine sportlichen Unternehmungen nicht ungefährlich. Es gab keine Zeugen meiner Manöver, so dass mir die gerissenen Riemen nicht zur Last gelegt wurden.

Der Buggy kam, als meine erste Tochter etwas älter geworden war und schon aufrecht sitzen konnte. Das italienische Gerät war leicht und praktisch, weil man es zusammenklappen, mit sich tragen und im Auto verstauen konnte. Später wurde die Tochter so groß, dass sie die jüngere Schwester im Buggy schieben durfte, und sie war davon so beeindruckt, dass sie für ihre diversen Puppen und Teddys einen Spielzeug-Buggy bekam. Das scheppernde Geräusch des rosafarbenen Wägelchens, das längere Spaziergänge zur Geduldsprobe machte, liegt mir noch immer in den Ohren.

Eine Buggy-Katastrophe gab es einmal, als wir in Italien Urlaub machten und ich mein Töchterchen in das nahe gelegene Dorf schob. Der Weg führte am See entlang, der Tag war milde, und der Vater freute sich der schönen Perspektiven, bemerkte allerdings nicht, dass die Kleine eingeschlafen war. Als ich durch die pittoreske Dorfstraße spazierte, stürzte das Kind – ich hatte vergessen, es festzuschnallen – kopfüber aus dem Buggy. Zutiefst erschrocken, nahm ich es auf den Arm. Es schrie ganz schrecklich und hatte Schürfwunden am Kopf. Aus einem Restaurant rannte die Wirtin herbei, sah das Elend, stieß Rufe des Mitleids und der Verwünschung hervor, holte eine zweite Frau, wahrscheinlich die Köchin, riss dem barbarischen Vater das Kind aus den Armen, nahm es, wiegte es, während allerlei Heilmittel herbeigeschafft wurden. Die Verletzungen waren gering, sahen jedoch dramatisch aus, weil das Kind eine weiße Haut und weißblonde Haare hatte. Es beruhigte sich bald, schien sogar die Szene interessant zu finden. Die Frauen gingen mit dem Vater scharf ins Gericht. Obwohl mein Italienisch mangelhaft war, konnte ich leicht verstehen, was sie mir vorwarfen. Schuldbewusst kehrte ich in das Ferienhaus zurück und musste mir von meiner bestürzten Gattin dieselben Vorwürfe noch einmal anhören. Ich hatte sie verdient, dachte aber, dass so etwas in dem alten Kinderwagen nicht passiert wäre.

Computer

Als immer mehr Kollegen begannen, die Schreibmaschine durch den Computer zu ersetzen, entschloss auch ich mich zu der neuen Technik. Doch zu welcher genau? Es gab zwei Religionen, Microsoft und Apple, und sie standen einander feindlich gegenüber. Freunde rieten mir zu Apple, und ich folgte ihnen, was ich später oft bedauerte. Doch Apple galt als schick, fortschrittlich, alternativ. Wer bereit war, einen SAAB zu fahren, der nicht besser, bloß teurer als vergleichbare Autos war, schien auch willens, sich einen teuren Computer anzuschaffen, der besser aussah als andere, jedoch weniger konnte. Das wurde mir erst später klar, als ich endlich eine Netzverbindung hatte, meine Dokumente aber nur innerhalb der kleinen und feinen Apple-Gemeinde verbreiten konnte. Schriftstücke der gegnerischen und ubiquitären Windows-Welt waren lange Zeit von keinem Mac zu öffnen.

Als ich meinen ersten Mac ausgepackt hatte, verbrachte ich Tage und Nächte damit (Frau und Kind waren verreist), die Bedienung des Geräts zu erlernen, und später noch viel mehr Tage und Nächte, um ins Netz zu kommen. Die anzügliche Werbung des damaligen Tennisidols Boris Becker »Ich bin drin!« kam mir keineswegs komisch vor. Ich war und bin wohl ein Computer-Idiot, dessen Schränke voll sind mit veralteten Kabelverbindungen, externen Speichern, CD-Brennern und vielem mehr. Wie viel Zeit habe ich damit verloren! Wie oft habe ich verzweifelt dem Modem gelauscht, das mir Botschaften aus einem Universum zuzwitscherte, die ich nicht verstand! Einmal saß ich auf dem Land, im sturmumtosten Haus eines Freundes, und ich lag in den letzten Zügen eines längeren Buches, als der schwache Laptop sich weigerte, die zu groß gewordene Datei zu speichern. Voller Panik wäre ich wohl in die Ostsee gegangen, an deren Strand das Haus lag, wäre es mir nicht rechtzeitig eingefallen, den Kollegen Christian Ankowitsch anzurufen, der, Glück im Unglück, gleich am Apparat war und Abhilfe wusste.

Heute kenne ich mich halbwegs aus, die Computer sind bequemer und sicherer geworden, Katastrophen habe ich lange nicht mehr erlebt. In den Anfangszeiten gehörten sie zum Alltag. Für die Profis mögen sie ein Kitzel gewesen sein, ich habe darunter gelitten. Damals glichen die Rechner Autos, bei denen man jederzeit darauf gefasst sein musste, dass Bremsen oder Lenkung versagten. Das Bild der Bombe auf dem Apple-Bildschirm, das einen Absturz ankündigte, sehe ich noch heute vor mir. Mittlerweile ist aus mir, der ich mich an die immer besser gewordene und ästhetisch ansprechende Apple-Technik gewöhnt habe, ein fast ohnmächtiges Opfer geworden. Der Konzern, dessen Gewinne alle Rekorde sprengen, hat es geschafft, seine Nutzer zu Sklaven einer medialen Rundumversorgung zu machen. Der Versuch, sich dem zu entziehen, wäre für mich eine Art Neustart in die Computerwelt. Noch scheue ich ihn.

Duplo

Als Kind spielte ich liebend gerne mit Bauklötzen, und der Vater hatte mich reichlich damit versorgt. Sie waren aus gutem, glattem Holz, weder farbig noch normiert, sondern Abfälle des Modellbaus in seinem Büro. Als ich selber Vater wurde, hatten auch die Kinder ganze Eimer voller Klötze, jetzt aber bunt lackiert und in unterschiedlichen Standardmaßen. Die eigentliche Attraktion für die Kinder war jedoch Duplo. Die ältere Tochter, als sie noch klein war, mochte die Duplo-Bausteine lieber als das miniaturhafte Lego-System, weil die Duplo-Figuren, obgleich sie nur aus einem dicken Kopf und angedeutetem Rumpf bestanden, ein Gesicht und fast einen Charakter hatten. Das Kind jedenfalls erkannte in ihnen rasch das Personal eines verzweigten Dramas, das mit familiären Tragödien ebenso zu tun hatte wie mit märchenhaft glücklichen Schicksalswendungen. Die Figuren erhielten Namen, Bedeutung und Funktion. Der Vater hatte nun die Aufgabe, der kindlichen Regie zu folgen, die entsprechenden Gehäuse und Szenarien aufzubauen, und er durfte dabei nicht allzu eigenmächtig vorgehen, denn die Geschichte, die da erzählt wurde, hatte im Wesentlichen nur eine Autorin. Allerdings blieb sie manchen Anregungen zugänglich. Wenn die Bühne hinreichend ausgestattet war und der dramatische Knoten sich geschürzt hatte, durften Ergänzungen, Erweiterungen stattfinden, so dass ich meine alte Bauklotzkompetenz endlich ausspielen konnte.

Am Ende war das geräumige Kinderzimmer mit einer ganzen Landschaft von Bauten besetzt, deren Sinn kein Fremder hätte erraten können. Der Vater schätzte sich glücklich, weil er Bescheid wusste und sich darin auskannte, und leicht fand er (im Gegensatz zur unwissenden Mutter) den Weg zum Kinderbett, wo das abendliche Vorleseritual seinen Lauf nahm, das nur mit dem ohnmächtigen Einschlafen des Kindes enden konnte. Das dauerte lange, und ich erinnere mich daran, dass ich oftmals müder war als die unermüdbare Tochter. Den väterlichen Finger umklammerte sie mit ihrer kleinen Faust, dem endgültigen Schlaf scheinbar nahe, doch wenn ich, selber kurz vorm Einnicken, mich sanft entfernen wollte, weil das Klammern nachließ, schreckte sie plötzlich wieder hoch.

Es war jedoch keineswegs so, dass ich solche Spiele und solches Vorlesen täglich hätte erleben können, denn mein Beruf ließ mir dafür selten Zeit. An Sonntagen jedoch, so lautete die Verabredung, durfte die Mutter ausschlafen, und ich hatte Dienst. Da nun das Kind schon morgens früh um sieben fröhlich in seinem Bettchen stand, musste ich die Zeit mit ihm gestalten. Die Duplo-Spiele waren nach einer Weile erschöpft. Deshalb nahm ich, wenn das Wetter halbwegs gut war, mein Mädchen und wanderte mit ihm im Buggy zur U-Bahn, die in Hamburg Hochbahn heißt, weil sie auf einigen Strecken über Stelzen fährt. Das Kind fand diese Fahrten eine gute Weile lang aufregend und lauschte begierig meinen Erläuterungen. Nie mehr seitdem bin ich so früh mit der Hochbahn gefahren, und ich erinnere mich an nahezu menschenleere Waggons, wo sich allenfalls ein paar hohläugige Nachtvögel auf dem Weg ins Bett befanden. Die Fahrten glichen einer Expedition in unbekanntes Gelände, und die Bilder der auf fremde Weise leeren Stadt am Sonntagmorgen sind mir bis heute im Gedächtnis.

Irgendwann endete die Duplo- und die Bauklötzerzeit. Es muss in einem späteren Sommer gewesen sein, als die Kinder – nunmehr hatten wir zwei Mädchen – zusammen mit ihren Freundinnen hinaus in den Garten zogen und für die Puppen umfängliche Dramen inszenierten, in die ich nicht mehr einbezogen wurde.

Doch fällt mir eine andere Szene aus früheren Tagen ein, als wir in einem italienischen Ferienhaus Urlaub machten. Wir hatten dort eine große Veranda, deren Dach vor der Sonne schützte. Hier wurden in aller Ausführlichkeit die alten Dramen von Neuem inszeniert, und wir bauten allerlei Türme und Paläste aus Duplo-Steinen und Bauklötzen, während auf der Wiese ein Rasensprenger lief und die blühenden Rosen benetzte. Einmal hatte ich aus dem gesamten Spielzeug, das den Kofferraum des SAAB bis an den Rand gefüllt hatte, einen gigantischen Turm erbaut, der mich mit Stolz erfüllte. Kind und Turm waren annähernd gleich hoch. Das Kind stand bewundernd davor, tippte mit dem Finger daran, beobachtete voller Spannung das Schwanken des Gebäudes – und gab ihm mit einem listig-neugierigen Ausdruck im Gesicht den letzten Stoß. Wie das lärmend zusammenprasselte! Beide hatten wir unsere Freude daran. Ich halte mir dieses Bild zuweilen vor Augen, um mir klarzumachen, dass auch das Niederreißen eine unschuldige Lust sein kann.

Fahrrad

Vor Jahren hatte ich mir ein italienisches Rennrad mit weißem Rahmen, weißem Sattel, weiß umwickeltem Rennlenker und verchromten Gabeln gekauft. Das Rad war sehr schön, sehr schnell und sehr unbequem. Ich liebte es. Vielleicht deshalb, weil es mir, je älter ich wurde, das Gefühl gab, noch jung zu sein. Als ich an einem sommerlichen Abend vom Büro nach Hause fuhr, überholte ich eine Gruppe saumseliger Touristen, die den Radweg an der Alster dazu missbrauchten, den Blick aufs Wasser zu genießen. Ich zog rasch an ihnen vorbei, schwenkte wegen eines entgegenkommenden Radlers, den ich zu spät gesehen hatte, scharf nach rechts und bemerkte, dass die Kante des gepflasterten Wegs vom Regen unterspült war. Mit dem Vorderrad geriet ich in die Rinne, erkannte in dieser hellen Minisekunde den Fehler, der nicht mehr zu korrigieren war, und flog in einem Bogen, der mir sogar noch elegant vorkam, über den Lenker nach vorn, bremste den Sturz mit dem ausgestreckten linken Arm etwas ab und kam zu Boden. Betäubt stand ich auf, bemerkte Schürfungen an meiner Hose und freute mich, dass der Kopf heil geblieben war. Allerdings tat mir der Arm weh, doch schien mir das nach Lage der Dinge nicht überraschend. Ein Radfahrer hatte angehalten, fragte nach meinem Befinden, richtete das Rennrad auf und stellte es an einen Baum. Etwas schien nicht ganz in Ordnung, und als ich mich anschicken wollte, meine Fahrt fortzusetzen, spürte ich, dass die linke Hand irgendwie unbrauchbar geworden war. Der freundliche Helfer bemerkte das ebenfalls und rief einen Krankenwagen herbei. Die Sanitäter packten mich in ihr

Gefährt und lieferten mich in der Klinik ab. Es war der Abend vor der Abreise nach Dänemark, wo meine Frau und ich ein Haus gemietet hatten. Der Arzt stellte einen »Trümmerbruch« fest, versorgte mich mit einer Bandage und mit Schmerzmitteln, gab mir einen Operationstermin und deutete höflich an, dass er das Gelingen des Urlaubs bezweifle.

Als ich nach der zweistündigen Operation aus der Narkose aufgewacht war, fand ich mich neben einem jungen Mann, der mit seiner Vespa in einem geistesabwesenden Augenblick bei Rot über die Kreuzung gefahren war. Sein Gesicht war eine Orgie aus Rot, Schwarz und Blau, und nur wenige seiner Knochen schienen noch heil. Der Anblick machte mir klar, dass ich gut weggekommen war. Es dauerte allerdings fast ein Jahr, bis ich die Hand wieder voll in meinem Besitz hatte. Heute denke ich selten daran, dass sich im Gelenk eine Platinplatte befindet, an der die Knochen festgeschraubt sind. Wann immer jemand beginnt, auf die Medizin, die Krankenhäuser, die Ärzte zu schimpfen, falle ich ihm ins Wort und erzähle die Geschichte meiner wunderbaren Heilung. Nach dem Sturz kaufte ich mir ein Tourenrad sowie einen Helm, den ich allerdings nach einer Weile nicht mehr aufsetzte. Das weiße Rad war dahin.

Das Rad, mit dem ich das Fahren lernte, stand am Haus der Vorfahren meiner Mutter. Es waren Bauern, die Tabak anpflanzten, daneben ein bisschen Gemüse. Ich verbrachte auf diesem Hof einige Sommer, und ich erinnere mich an Spaziergänge durch die Rheinauen, die mit Pappeln gesäumt waren und aus deren Sümpfen Scharen von Bremsen und Stechfliegen emporschwärmten.

Ich bestieg das Rad – ein Damenrad, das viel zu groß für mich war –, indem ich es an die untere Säule der Freitreppe, die zum Eingang des Bauernhauses führte, anlehnte, mich ungeachtet des unerreichbaren Sattels auf den Pedalen positionierte und aus der prekären Lage abstieß, bis ich ins Rollen kam. Glücklich wie selten im Leben kam ich in die Balance, konnte lenken, konnte sogar die Pedalerie in aufgerichteter Haltung insoweit beherrschen, als ich zu beschleunigen und sogar zu bremsen vermochte. Ich durchquerte die sandigen Pfade zwischen den Gemüsebeeten, gelangte auf einen Feldweg, auf dem ich eine köstliche Weile lang dahinradelte, wohl eher dahineierte, voller Furcht und voller Begeisterung zugleich. Bald allerdings kam mir das Problem der Landung zu Bewusstsein. Sie hätte nur in Form eines Sturzes gelingen können. Es bedurfte mancherlei gefahrvoller Manöver, bis ich das Rad wieder an die Treppe bugsieren und absteigen konnte. Ich genoss meinen grandiosen Erfolg.

Da ich nun das Fahren halbwegs beherrschte, überließ mir der Vater sein eigenes Rad, ein schwarzes, schweres Herrenrad mit Rücktritt und einer Reifenbremse, die so funktionierte, dass eine Art Stempel, in den ein Gummi eingefügt war, mittels eines Gestänges auf den vorderen Reifen gedrückt wurde. Hingebungsvoll zerlegte ich das Rad, reinigte und polierte es gründlich. Mit einer Jugendgruppe machte ich eine Tour in den nahen Odenwald. Die anderen waren teilweise älter und geübter als ich, und einige hatten Sporträder mit Gangschaltung. Nach wenigen Stunden war ich weit zurückgefallen. Ich sah den letzten Kameraden in weiter Ferne, alle Knochen taten mir weh, und meine Schenkel schienen nur noch Pudding. Immer wieder wurde auf mich gewartet, und ich litt unter der Schmach, nicht mithalten zu können. Doch die Freunde trösteten mich, und als wir zur Jugendherberge in Heppenheim wollten, die hoch auf einem Hügel lag, war die Straße so steil, dass ein jeder von uns schieben musste. Am nächsten Tag rauschten wir besinnungslos das Gefälle hinab, und mein Freund brüstete sich damit, dass ihm der Rücktritt heißgelaufen sei. Jeder musste seinen Finger auf die Nabe legen, um von dem unerhörten Vorgang Zeugnis ablegen zu können.

Von nun an ging mein ganzes Bestreben dahin, ein neues Rad zu besitzen. Ich sparte mein Taschengeld und die kleinen Einkünfte, die ich aus Nachhilfestunden bezog, ließ mir Geburtstags- und Weihnachtsgeschenke in finanzielle Zusagen umwandeln, ging in Fahrradgeschäfte, studierte Kataloge und erwarb mir eine weitreichende, naturgemäß abstrakte Fachkenntnis, ähnlich der, die ich auf dem Gebiet des Autos bereits besaß. Das Rad, das ich am Ende kaufte, war rot, hatte einen Freilauf, zwei Felgenbremsen und eine Kettenschaltung mit drei Gängen (mehr war damals nicht üblich, mein jetziges Rad hat 27). Damit bin ich für damalige Verhältnisse weit herumgekommen, bis nach Rotterdam, den Haag und bis nach Luxemburg. Meine Freunde und ich schliefen in Zelten, Jugendherbergen oder Scheunen.

An eine bestimmte Nacht im Stroh kann ich mich gut erinnern. Das Bauernhaus gehörte dem Vater des Vetters eines meiner Kameraden. Dieser etwas ältere Bursche, er wird 18 gewesen sein, lud uns alle vier, die wir etwa 15 waren, in einen (seinen?) VW-Käfer und brachte uns abends in eine

Dorfkneipe, wo wir »Stiefeltrinken« übten. Der Stiefel war aus Glas, fasste zwei oder drei Liter Bier und ging reihum. Der triste Witz bestand darin, dass der vorletzte Trinker einen neuen Stiefel bezahlen musste, weshalb man, wenn er noch gut gefüllt war, mäßig trank, dann aber, wenn er sich allmählich leerte, danach trachtete, nicht der Vorletzte, sondern der Letzte zu sein. Es wurde schrecklich gesoffen. Auf der Heimfahrt imponierte der völlig betrunkene Vetter seinen völlig betrunkenen Gästen damit, dass er auf der nachtschwarzen Landstraße das Licht des VWs ausschaltete und prahlend sagte, er beherrsche die Strecke im Schlaf.

Das schien so zu sein, jedenfalls kamen wir heil an und krochen ins Stroh. Ich schlief rasch ein, erwachte jedoch mitten in der Nacht und bemerkte, dass meine baumwollene Trainingshose vollkommen nass war. Verwirrt schob ich mich im Dunklen aus dem Strohlager, entledigte mich der eklig riechenden Klamotten, deponierte sie an einem unauffälligen Platz, damit sie bis zum Morgen vielleicht trocknen könnten, suchte in den Seitentaschen des Fahrrads nach einem Ersatz, den ich nach vielen Mühen fand. All dies musste geräuschlos und in nahezu völliger Finsternis geschehen, damit die Kameraden, vor denen durchnässt dazustehen mir das Allerbeschämendste gewesen wäre, nichts bemerkten. Es glückte. Was meine Mutter sagte, die den Haufen schmutziger Kleider waschen und das Malheur bemerkt haben musste, weiß ich nicht mehr. Heute denke ich, dass ich im Verbergen solcher Peinlichkeitskatastrophen eine immer größere Geschicklichkeit entwickelt habe.

Feuilleton

Es war auf der Frankfurter Buchmesse 1979, es war auf dem legendären Empfang des Suhrkamp Verlages, als der sehr berühmte Fritz J. Raddatz auf den sehr unberühmten Greiner zukam und ihn fragte, ob er sich vorstellen könne, dass… Ich konnte es mir gut vorstellen, und so kam ich im Juni 1980 zur *ZEIT*. Mein Entschluss, die *FAZ* zu verlassen, verdankte sich vor allem der Modernität des Hamburger Wochenblatts. Es galt als fortschrittlich, es hatte die Ideen der Studentenbewegung freundlich dargestellt, sich zu Teilen sogar zu eigen gemacht. Das sagte mir zu.

Ich selbst allerdings war kein richtiger Achtundsechziger. In Frankfurt, wo ich am Ende mein Staatsexamen machte, kam die studentische Revolte zu einem ihrer Höhepunkte. Die Johann-Wolfgang-Goethe-Universität wurde besetzt und in die Karl-Marx-Universität umgetauft. Das revolutionäre Gehabe stieß mich ab, und die Auftritte des demagogischen Charismatikers Hans-Jürgen Krahl (er starb 1970 bei einem Autounfall) waren mir unheimlich. Ich hatte mich meinem Freund Michael Schwarze angeschlossen, der den Versuch der »Basisgruppe Germanistik«, das Deutsche Seminar im Sinne des grassierenden Neomarxismus umzufunktionieren, mit einer Gegengründung beantwortete. Sie war ebenso erfolglos wie die von mir kurz darauf gegründete USL, die Unabhängige Studenten Liste. Immerhin errangen wir einen Sitz im studentischen Parlament, den ich allerdings, als ich nach Tübingen ging, an die Kommilitonin auf dem zweiten Listenplatz weitergab.

Diese Aktivitäten hatten mich und meine Freunde politisiert, und voller Empörung sahen wir, welche Folgen der 1972 ergangene Radikalenbeschluss hatte: Bewerber, die in den öffentlichen Dienst strebten, ob Lehrer oder Lokomotivführer, wurden vom Verfassungsschutz daraufhin überprüft, ob sie die »freiheitlich demokratische Grundordnung« bejahten. Es begann eine Welle der Gesinnungsschnüffelei und der Einschüchterung. Peter Schneiders dokumentarische Erzählung *... schon bist du ein Verfassungsfeind* (1975) fachte den Streit über die sogenannten Berufsverbote abermals an, und so entschloss ich mich, das Thema in der *FAZ* aufzugreifen. Der umfangreiche Text, eine Mischung aus Kommentar und Sachbericht, erschien 1976 an einem prominenten Platz: auf der ersten Seite der Tiefdruckbeilage *Bilder und Zeiten*, illustriert mit einem Foto von Barbara Klemm. Man sah dort Demonstranten auf dem Frankfurter Römerberg, die ein Plakat emporreckten. Es trug die Aufschrift »Lieber Gott, mach mich stumm, daß ich in den Staatsdienst kumm!«

Die *FAZ* hatte den Radikalenerlass begrüßt. Meine überdeutliche Kritik daran musste, wie mir sehr wohl bewusst war, sensationell wirken. Alles kam auf die Genehmigung an. Joachim Fest, mein zuständiger Herausgeber, war von dem Beitrag wahrlich nicht begeistert, stimmte jedoch unter der Bedingung zu, dass ein zweiter Herausgeber ebenfalls zustimme. Die Zeitung hatte (und hat) keinen Chefredakteur, sondern ein Gremium gleichberechtigter Herausgeber. Ich ging zu Bruno Dechamps, der als relativ liberal galt. Ich erinnere mich daran, wie ich in seinem Büro saß, wie er mich halb bekümmert, halb ironisch anblickte und nicht recht zu wissen schien, wie er reagieren sollte. Er gab mir am Ende etwas umständlich seine Einwilligung zu verstehen, sagte jedoch, er empfehle mir, den streitbaren Text jenem Kollegen zu zeigen, der für das Thema innenpolitisch zuständig sei: Friedrich Karl Fromme.

Ich wusste: Wenn ich das täte, wäre die Sache gestorben. Ich sagte also zu Maria Frisé, der verantwortlichen Redakteurin, die mich von Herzen unterstützte, zwei Herausgeber hätten ihr Plazet gegeben. Die Empfehlung von Dechamps verschwieg ich. Der Artikel erschien, und er machte Furore, weil das konservative Blatt zum ersten Mal eine Gegenstimme gedruckt hatte. Mein Erfolg jedoch erschien mir als Unheil. Ich wurde in die große Konferenz einbestellt, von den politischen Redakteuren und Herausgebern einer vernichtenden Kritik unterzogen. Zwei Vorwürfe wurden in der Hauptsache erhoben: Ich hätte mich auf parteiliche Quellen bezogen und sie nicht überprüft. Das traf in wenigen Fällen zu. Außerdem hätte ich den zuständigen Kollegen übergangen. Auch das traf zu.

Während des Scherbengerichts hielten sich Fest und Dechamps bedeckt. Ich war damals zu jung und unwissend, um zu begreifen, dass mir ein wirklicher Coup gelungen war, dass meine Entlassung keineswegs bevorstand und dass ich alles in allem Glück gehabt hatte. Nein, ich fühlte mich gedemütigt, ich war schweißgebadet und hielt mich völlig für isoliert. Was letztlich nicht zutraf, denn manche Kollegen gaben mir Zuspruch – zumeist unter vorgehaltener Hand.

Diese heute längst vergessene Geschichte saß mir noch in den Knochen, als ich das Angebot von Raddatz erhielt.

Auch deshalb eilte ich froh nach Hamburg. Als ich zum ersten Mal an einer großen Konferenz der *ZEIT* teilnahm, war ich völlig überrascht: Während sich in Frankfurt die Schar der Redakteure, gestaffelt nach Rang und Anciennität, auf die Tischreihe der Herausgeber hingeordnet hatte, über denen die Zeitungsgründer aus einem Ölgemälde herabblickten (wenn ich mich recht erinnere), was bedeutete, dass die jüngeren Hintersassen so gut wie nie das Wort ergriffen, saß man in Hamburg um einen Tisch herum, und jeder konnte mitreden. Es wurde lebhaft gestritten, es wurden Witze gemacht (nicht selten auch Herrenwitze), einige rauchten und bedienten sich aus den Whisky- und Cognac-Flaschen, die dafür bereitstanden.

Ich war begeistert, merkte jedoch nach einer Weile, dass es, was die Wertschätzung des Feuilletons anging, einen merklichen Unterschied gab. Während es die konservativen Bildungsbürger in Frankfurt für selbstverständlich hielten, dass es die Aufgabe des Feuilletons sei, die Leserschaft über neue Inszenierungen des Theaters oder der Oper, über Ausstellungen, Filme und Bücher zu unterrichten, und zwar selbst dann, wenn nur wenige Leser und vielleicht überhaupt kein Herausgeber daran Interesse hätten, verstand sich das in Hamburg ganz und gar nicht von selbst. Der Chefredakteur Theo Sommer (und nicht nur er) wetterte immer wieder gegen das ungeliebte »Rezensionsfeuilleton«, er wollte intellektuelle und lebensweltliche Debatten. Irgendeine neue Oper in Berlin, eine besondere Ausstellung in München, ein Autorentreffen in Graz: Das war ihm ziemlich schnurz. Er sah in den Rezensionen, die den Ursprung und die Rechtfertigung des Feuilletons bilden, bloße Fachsimpeleien, die kaum jemanden interessierten. Im Wesentlichen sieht man das heute nicht anders.

Irgendwann erzählte mir Raddatz, dass meine Kandidatur bei Theo Sommer deshalb auf Gegenliebe gestoßen war, weil er meine Reportage »Narziss im Disco-Donner« gelesen hatte. Genau das, so habe Sommer gerufen, fehle dem Feuilleton der *ZEIT*. Ich hatte im Sommer 1979 von jenem Partybunker gehört, der unter dem Namen »Dorian Grey« in einer der riesigen unterirdischen Parkhaus-Etagen des neuen Frankfurter Flughafens installiert worden war. An die zweitausend Gäste versammelten sich dort zu jenen befremdlichen und in der Regel harmlosen Exzessen, die mit der damals neuen Disco-Welle einhergingen. Dass meine Reportage, die mir als Freizeitvergnügen eingefallen war, solchen Zuspruch erntete, hätte mich stutzig machen können. Denn niemand, ausgenommen Raddatz und die Kollegen im Feuilleton, lobte mich für jene Rezensionen und Essays, in die ich die größte Arbeit investiert hatte und auf die sich mein journalistisches Selbstbewusstsein stützte. Niemand kannte sie. Die einzige Ausnahme war Robert Leicht, Chefredakteur der *ZEIT* von 1992 bis 1997, der das Feuilleton las und achtete, weil er von dessen Thematik etwas verstand.

Von Giovanni di Lorenzo, Chefredakteur seit 2004, kenne ich nur eine wohl kalkulierte Lobespolitik, die darin besteht, dass er Rezensionen, seien sie glanzvoll oder misslungen, prinzipiell nicht erwähnt. Personality-Stories – das Interview mit der kürzlich ausgezeichneten Schauspielerin, der Besuch bei einem als politisch unkorrekt aufgefallenen Schriftsteller, die Recherche einer gerichtsnotorisch gewordenen Infamie – werden mit allen Mitteln gefördert und inszeniert. Die gründliche, auf die ästhetische Eigenart bezogene Kritik tritt in den Hintergrund. Stattdessen bevorzugt man das Interview oder das Porträt. Das Feuilleton ist für die überhöhende Erläuterung des je Aktuellen zuständig geworden, während zugleich das politische Ressort – da Berichte über das »starke und langsame Bohren harter Bretter« (Max Weber) nicht mehr genug Leser zu finden scheinen – dazu übergegangen ist, sich Formen des klassischen Feuilletons anzueignen. Man erzählt Geschichten, man übt sich an rhetorischen Figuren, man entwirft seelenvolle Porträts, man bleibt den Personen sogenannter Prominenz so lange hartnäckig auf den Fersen, bis eine neue Nuance, und sei es eine Intimität, dabei herausspringt. Was dazu führt, dass die alte Unterscheidung zwischen Feuilleton und Politik (Ähnliches gilt für die Wirtschaft) fließend geworden ist. Je feuilletonistischer und weicher die ehemals harten Ressorts werden, umso kunstferner und politischer wird das Feuilleton. Ehemals war es der Ort des guten Schreibens, und es hält sich noch heute dafür. Gute Texte jedoch fallen einem selten in den Schoß, man braucht Zeit dafür – Zeit des Nachdenkens, Zeit, die richtigen Worte zu finden. Diese Zeit steht selten zur Verfügung, denn Aktualität und Schnelligkeit haben höchsten Vorrang. Dass die Texte im Feuilleton (und wohlgemerkt gilt dies für alle Zeitungen) eine literarische Qualität nicht oft mehr besitzen, fällt deshalb kaum auf, weil es nur noch wenige Leser gibt, die derlei zu schätzen wissen.

Das Leben, das Lesen ist schneller geworden. Vor fünfzehn oder zwanzig Jahren machte die *ZEIT* den Versuch, durch Kinowerbung Leser zu gewinnen. Der Film zeigte Redakteure in der Konferenz, beim Schreiben, beim Diskutieren, und er vermittelte den Eindruck, die Mannschaft gehe ihrer Arbeit mit heiterer Sorgfalt nach, in größter Ruhe und mit einer fast demonstrativen Gemächlichkeit. Der Film spielte auf amüsante Weise mit dem damals bekannten Kinospot für den amerikanischen Whisky Jack Daniels, wo gereifte Männer mit der Pfeife im Mund langsam die Fässer vor sich her rollten. Der Spruch »Jack Daniels reifen zu lassen, verlangt Geduld und viele Jahre« schien auch das Motto der Redaktion zu sein.

Ich weiß nicht, ob der Film erfolgreich war. Schon damals wirkte er ein bisschen altbacken, was jedoch durch seinen ironischen Gestus gemildert wurde. Heute müsste er lächerlich wirken. Heute achtet man im Feuilleton darauf, den Aufmacher möglichst spät festzulegen. Es könnte ja sein, dass eine neue Aktualität nach journalistischer Zuwendung verlangt. Während früher der Essay, der das Feuilleton eröffnete, zumeist das Produkt längerer Diskussionen und Überlegungen war – das schloss die Feinarbeit an Sätzen und Formulierungen natürlich mit ein –, entstehen heute die Aufmacher erst spät und in wenigen Stunden. Sie besitzen eine zuweilen imponierende Tagesaktualität, doch oftmals sind sie nicht wirklich zu Ende gedacht. Dass sie der ehrwürdigen Jack-Daniels-Devise nicht mehr entsprechen, macht deshalb nichts aus, weil die meisten Zeitungsleser daran gewöhnt sind, elektronisch auf dem Laufenden zu sein und mit jenem raffenden Tempo zu lesen, das der Bildschirm nahelegt. Langsamkeit, die mit Gründlichkeit in der Regel zusammenhängt, ist eine missachtete Tugend geworden.

Zeitungen, das definiert sie, sind Organe des Zeitgeistes (wenn sie Glück haben), und der Zeitgeist ist dem, was die Künste eigentlich sind oder sein sollten, gegenwärtig abhold. Die *ZEIT* hat immer versucht, dem Zeitgeist auf der Spur zu bleiben, und je mehr es ihr gelang, umso erfolgreicher war und ist sie. Dazu gehört die Anpassung an den vermuteten Lesergeschmack. Man ermittelt ihn durch neue Umfrage- und Testverfahren. Als ich 1980 in die Redaktion kam, machten wir das Blatt, das uns gefiel. Wir setzten die Themen, die uns wichtig schienen, und vertrauten darauf, dass die Leser uns folgten. Nunmehr hingegen setzt die Chefredaktion die Themen, von denen sie glaubt, eine Mehrheit von Lesern sei daran interessiert, und sie erwartet, dass die Redakteure ihr folgen.

Die alte Rangordnung, derzufolge der *ZEIT*-Redakteur die stärkste und die Chefs die schwächste Position vertraten, hatte allerdings auch ihre Nachteile (und würde heutzutage gewiss nicht mehr funktionieren). Jedenfalls erinnere ich mich daran, dass Arno Widmann, mein Nachfolger im Amt des Feuilletonchefs, mich nicht nur einmal ratlos aufgesucht hat. Ich war »Kulturkorrespondent« geworden und hatte mein Zimmer in der Nähe des wenig später aufgelösten *ZEIT*-Magazins, für das ich damals die Kolumne *Legendär* sowie manch andere Beiträge schrieb. Widmann kam in mein Zimmer, strich sich mit seinen Händen verzweifelt über die Glatze und fragte mich, wie er die Reaktion der Kollegen zu verstehen habe. Ich tröstete ihn, doch bald wurde mir klar, dass er die Mannschaft gegen sich hatte. Und ich ahnte, das würde nicht gut gehen. Wenig später resignierte er. Auch seiner Nachfolgerin Sigrid Löffler war kein Glück beschieden.

Offensichtlich war das kollegiale System an sein Ende gekommen.

Es fällt mir schwer, es ist mir unmöglich, meine Zeit als Feuilletonchef der *ZEIT* abschließend zu beurteilen. Sie dauerte immerhin zehn Jahre – länger als die meines Vorgängers Fritz J. Raddatz und deutlich länger als die meines Vorvorgängers Dieter E. Zimmer. Ich staune darüber. Für mich waren es schwierige Jahre, zuweilen mörderische, zuweilen erfreuliche. Ich habe aus ihnen unendlich viel gelernt, sie haben mich zu dem gemacht, der ich heute bin. Dass ich sie mit Anstand gemeistert habe, glaube ich sagen zu können.

Film

Prinz Eisenherz war mein erster Film. Der Held verbirgt sich vor seinen Häschern, indem er in einen See taucht, unter der Wasseroberfläche regungslos verharrt und sich durch ein rasch abgeschnittenes Schilfrohr mit Luft versorgt. Das leuchtete mir derart ein, dass ich ihm nachzueifern versuchte, natürlich erfolglos. Im weiteren Verlauf wurde eine Burg belagert. Als die Kanonenkugeln ins Mauerwerk einschlugen, wunderte ich mich über dessen Beschaffenheit. Mir kam vor, als wäre es aus Pappe. Der erste Film jedoch, der mich zutiefst berührte, war Disneys *Bambi*, und als ich ihn Jahrzehnte später erneut mit meinen Kindern sah, habe ich mich meiner frühen Tränen nicht geschämt.

Nach meiner Hospitation bei der *FAZ* schrieb ich Kurzkritiken für die Lokalausgabe, wo die in den Frankfurter Kinos neu anlaufenden Filme regelmäßig rezensiert wurden. Es gab damals so gut wie keine der heute üblichen Pressevorstellungen. Die Kritiker, meist Studenten wie ich, besuchten die erste Vorstellung am Freitagnachmittag, beginnend zwischen 14 und 15 Uhr. Wenn man danach in die Redaktion kam, hatte man noch etwa zwei Stunden Zeit, um die zwanzig bis dreißig Druckzeilen anzufertigen. Ich muss hinzufügen, dass es damals, Ende der sechziger Jahre, noch vier Tageszeitungen in Frankfurt gegeben hat: die *Frankfurter Rundschau*, die *Neue Presse*, die *Abendpost* und natürlich die *FAZ*.

Nun war es so, dass die halbwegs bedeutenden Filme im überregionalen Feuilleton von den namhaften Kritikern vorgestellt wurden oder bereits vorgestellt worden waren, so dass für mich und die anderen Hilfskritiker nur die Brosamen übrig blieben. Nie mehr seitdem habe ich so viele schlechte Filme gesehen, doch ich gebe zu: Es machte mir Spaß. Die wenigen Zeilen wurden zwar erbärmlich bezahlt, doch kam ich gratis ins Kino, und den Zeitdruck empfand ich als sportliche Herausforderung. Von den vielen Schrottfilmen ist mir einer wegen seines Titels noch in Erinnerung: *Die Bestie mit dem Skalpell*, eine ziemlich üble, horrormäßige Frankenstein-Variante. Nach einer Weile kannte ich die Gesellen, die sich am Freitagnachmittag in den fast leeren Kinos einfanden, und ich erinnere mich daran, wie wir anschließend erste Eindrücke austauschten. Nicht selten kam es vor, dass wir uns über die besonders brutalen oder besonders geschmacklosen Szenen begeistert äußerten, dann jedoch, zurückgekehrt in die Redaktion und gewissermaßen erhöht, geadelt durch unsere kritische Aufgabe, den Film gnadenlos verrissen.

Das etwa war mein cineastischer Kenntnisstand, als ich, neuer Jungredakteur des *FAZ*-Feuilletons, 1970 zu den Kurzfilmtagen nach Oberhausen geschickt wurde. Mit anderen Worten: Ich wusste und kannte fast nichts. Das war insofern egal, als man in Oberhausen voller Eifer daranging, die hergebrachten Kriterien der Filmkunst über Bord zu werfen oder sogar an den Pranger zu stellen. Ich erinnere mich an einen Film, der die Tatsache entdeckte, dass Filmzeit und gefilmte Zeit nicht identisch sind, und sich darum bemühte, beide Zeiten zur Deckung zu bringen. Man sah ein junges Paar, das in einem Bett lag, allmählich aufstand, duschte, frühstückte und sich reisefertig machte. Die Filmszenen dauerten genauso lang, wie man realiter gebraucht hätte, um diese Alltagspartikel zu durchleben, und ich gebe zu, dass ich dies für einige Momente erhellend und lehrreich fand. Als jedoch die Kamera vor der Ausfahrt einer Tiefgarage verharrte und darauf wartete, dass das Pärchen mit dem Auto endlich herauskäme, was deshalb einige Zeit in Anspruch nahm, weil die beiden hoch oben in einem Wohnsilo zugange gewesen waren, wuchs meine Ungeduld und die des Publikums. Ich stellte mir vor, wie die beiden auf den Lift warteten, dann in die Garage fuhren, ihren Wagen aufsuchten, darin das Gepäck verstauten und schließlich ins Freie fuhren, der wartenden Kamera entgegen. Die ihnen dann über neblige Felder, irgendwo im winterlichen Deutschland, hingebungsvoll folgte, einem Ziel entgegen, das es entweder nicht gab oder das ich vergessen habe.

»Ausziehen, ausziehen!«, hatten viele während der Vorführung gerufen, denn von dem erwähnten Paar waren nur keusche Bilder zu sehen gewesen, was der Idee einer Filmzeit als Realzeit letztlich widersprach. Zudem strapazierte der Film das Zeitgefühl der Zuschauer auf gröbste Weise, weshalb sich einige daranmachten, die Zierpalmen an den Seiten der festlich geschmückten Bühne vor die Leinwand zu schieben, so dass sie das Bild verdeckten.

Es waren wilde Jahre damals. Alles wurde neu befragt, neu entdeckt, und dazu gehörte natürlich die Sexualität. Es gab Filme des Wiener Aktionisten Hermann Nitsch, wo Geschlechtsteile in einem Matsch aus Mehl und Blut zu sehen waren (wenn ich mich recht erinnere), und es gab, gewissermaßen im Gegenzug, die hygienisch saubere und schön inszenierte Pornografie der Filme von Irm und Ed Sommer, wobei es allerdings nicht um Pornografie im landläufigen Sinn ging, sondern um die ästhetische Entdeckung eines filmisch neuen Kontinents. Viele dieser Kurzfilme in Oberhausen bemühten sich darum, und nicht nur ich, sondern auch die meisten Zuschauer folgten ihnen erregt. Geblieben ist davon im Grunde nichts. Es waren Zeugnisse einer Befreiungsbewegung, die dem Muff der Nachkriegszeit den Kampf ansagte, dann aber, ohne es zu wissen oder gar zu wollen, in jenen Prozess der Modernisierung mündete, der einem global agierenden Kapitalismus freie Bahn schuf, unbehindert von alten Förmlichkeiten.

Einige Jahre später wurde ich dann wirklich Filmkritiker der *ZEIT*, nämlich Nachfolger von Hans-Christoph Blumenberg, der sich entschlossen hatte, selber Filme zu drehen. So kam ich zu dem Privileg, über die großen Festivals schreiben zu dürfen, über Berlin, Cannes und Venedig. Es war schön, ebenso anstrengend wie erregend, und ich erinnere mich daran, wie ich in Berlin, nachdem ich im Schweizer Hof ein spätes Frühstück zu mir genommen hatte, im Pool ein paar Runden geschwommen war, regelmäßig bis in die späte Nacht in den zahllosen Filmen versackte, bis ich zwischen Filmrealität und Alltagsrealität kaum noch zu unterscheiden vermochte. Am Ende eines solchen Tages ging ich in die Paris Bar, wo damals alle hingingen. Ich hatte vier oder fünf Filme gesehen, taumelte noch, drängte mich durch die überfüllte Bar zum Tresen, um ein Bier zu ergattern, und klopfte dem Mann vor mir auf die Schulter. Als er sich umdrehte, war es Jack Nicholson. Erst am nächsten Tag war ich davon überrascht. In jener Nacht erschien es mir völlig plausibel, war ich doch dem Schauspieler eben erst in einem Film begegnet.

Als ich Feuilletonchef wurde, engagierte ich Andreas Kilb von der *FAZ*, und ich erinnere mich daran, dass Kilb, der lange Jahre Filmkritiker der *ZEIT* war und einer der besten Filmkritiker überhaupt, mir einmal sagte, man könne Filmkritik nur eine beschränkte Zeit lang betreiben. Man müsse jung sein. Alte Filmkritiker seien oftmals jenseitige, verschrobene Gestalten. Er meinte damit, dass der Film, stärker noch als andere Gattungen, vom Zeitgefühl abhängig ist. Ich wunderte mich über diese Entschiedenheit und verstand sie erst in jenen Jahren, als meine ältere Tochter allmählich ins Kinoalter hineinwuchs. Sie hatte schon manche Filme gesehen, und ich war darauf bedacht, ihr die Höhepunkte meiner eigenen Kinogeschichte vor Augen zu führen. So kam es, dass wir beide ins Hamburger Abaton gingen, um *Solaris* von Andrei Tarkowski zu sehen. Er gehörte zu den Heroen meines cineastischen Bildungsweges. *Stalker*, *Nostalghia* und eben *Solaris* hatten mich tief berührt.

Gespannt also saß ich an der Seite des etwa sechzehnjährigen Mädchens, sah den Film von Neuem – und war schwer enttäuscht. Mag sein, dass ich *Solaris* zu sehr mit den imaginären Augen meiner Tochter sah, die sich offensichtlich langweilte, wenngleich am Ende höfliches Interesse äußerte. Ich verhehlte ihr, dass auch ich mich gelangweilt hatte. Plötzlich schienen mir die Bilder des Films überladen mit Tiefsinn, von lastender Schwere, und die damalige Faszination war nahezu verschwunden. Ähnlich erging es mir (und abermals hatte ich meine Tochter mitgenommen), als ich Kubricks Film *2001 – Odyssee im Weltraum* erneut sah. Ich fand das Werk langatmig, prätentiös. Jene Szene, die den einzigen Überlebenden der Expedition auf seinem Flug durch psychedelisch bebilderte Weltraumtiefen zeigt, hatte ich damals als berauschend, als sensationell empfunden. Nun hingegen sah ich nur noch die Ambition und die technische Rückständigkeit ihrer Umsetzung.

Ich könnte andere Beispiele für das ästhetische Veralten von Filmen anführen. Sein Ursprung liegt wohl darin, dass der Film – anders als die Literatur, anders als die Musik – immer essenziell verknüpft ist mit den technischen Errungenschaften und ihrem Fortschreiten. Ich erinnere mich an die seinerzeit erfolgreiche Verfilmung der *Unendlichen Geschichte* von Michael Ende, realisiert durch Wolfgang Petersen. Damals begann die Digitalisierung filmischer Bilder, und ich war beeindruckt vom Auftritt des Felsenbeißers und vom Flug des Drachens, obwohl man schon damals hätte sehen können, dass die neue Technik noch ziemlich stolperte. Spätestens seit der gewaltigen Verfilmung des *Herr der Ringe* durch Michael Jackson weiß man, dass die computergesteuerte Animation eine gesteigerte, wirklichkeitsüberbietende Illusion erzeugen kann.

Seltsamerweise veralten die alten Filme kaum. Die Höhepunkte Hollywoods aus den vierziger, fünfziger Jahren – Billy Wilder zum Beispiel – wirken immerzu frisch und animierend, wahrscheinlich deshalb, weil sie letztlich Kammerspiele sind, die aus der Tradition des Theaters kommen und hauptsächlich auf die Kunst der Schauspieler vertrauen. Von wenigen Ausnahmen abgesehen, habe ich seit damals keine Filmkritiken mehr geschrieben. Ich bedaure das nicht, und mir scheint, dass Andreas Kilb recht hatte: Das Gewerbe taugt nicht für ältere Menschen.

Flugzeug

Es fällt mir auf, dass mein Mut, meine Waghalsigkeit geringer geworden sind. Nicht, dass ich je, von jugendlichen Manövern vielleicht abgesehen, tollkühn gewesen wäre. Doch kann ich mir heute kaum vorstellen, dass ich ähnlich unbekümmert wie in jungen Tagen in einem Segelflugzeug mitfliegen würde. Ich erinnere mich daran, dass mich mein Vater, der zuvor eine Runde mitgeflogen war, einst dazu animiert hatte, einen Segler zu besteigen. Der Pilot saß vor mir, und als die Motorwinde das Seil mit wachsendem Tempo einholte, rumpelte das Flugzeug immer schneller über die Wiese, bis es steil nach oben gerissen wurde, immer höher. Plötzlich gab es einen Ruck, das Zugseil wurde ausgeklinkt, und es war, als blieben der Pilot und ich in der Höhe stehen. Jetzt begann der Flug.

Vor diesem Augenblick hatte ich die Segler oftmals sehnsüchtig von unten betrachtet, sie waren mir als königliche Menschenvögel erschienen, die schweigend und hoheitsvoll ihre Bahnen zogen. Nun bemerkte ich, dass von Stille und schöner Eleganz keine Rede sein konnte. Der Wind pfiff heulend an der Glaskuppel vorbei, während sich der Flieger ächzend und mit wippenden Flügeln seinen Weg bahnte, wie über Schlaglöcher hinweg. Der Blick in die Tiefe war grandios und erschreckend. Meine ängstlichen Gefühle minderten sich, als der Pilot mir mit Stentorstimme zurief, er wolle versuchen, einen Aufwind zu erhaschen. Den gab es am ehesten (das verstand ich erst später) über den hellen Gevierten der sommerlichen Getreidefelder, und als wir eine solche Strömung erreicht hatten, legte der

Pilot den Segler zur Seite, so dass sich mir die Landschaft tief unten scharf entgegenschob, während wir in engen Spiralen rapide an Höhe gewannen, allerdings nicht stetig, sondern in einem ruckenden, schwankenden Auf und Ab. Am Höhenmesser, den ich vor mir sah, konnte ich Gewinn und Verlust klar erkennen, und ich begriff: Das Segelfliegen war kein sanftes Gleiten, sondern die Auseinandersetzung mit einem mächtigen Kompagnon, der zugleich ein Gegner war, es war der Kampf mit dem Wind, den auf Dauer niemand gewinnen konnte. Derjenige war König, der am längsten durchhielt. Der Wind an diesem Tag war launisch und müde, und wir sanken nach einer schönen Weile hinab, bis wir jäh die Wiesenpiste erreichten, wo wir derbe aufsetzten und nach ruppigen Schlenkern zum Stillstand kamen.

Stolz entstieg ich dem Segler, die Eltern umarmten mich. Und doch sage ich mir heute, dass ich diese Mutprobe, die mir mein Vater nahelegte, freiwillig kaum absolviert hätte. Mir fällt ein, dass dieser Vater, der als Unteroffizier in der Wehrmacht gedient hatte und bei der Belagerung von Leningrad so schwer verwundet worden war, dass er in ein Prager Lazarett eingeliefert wurde und schließlich in französische (dann amerikanische) Kriegsgefangenschaft geriet, dass dieser mir immer auch unheimliche Vater machtvoll darauf gedrungen hatte, ich solle mich morgens kalt abduschen, ich solle die Zähne auseinander nehmen, klar und deutlich reden, kurz: ich solle endlich ein Mann werden, dass ich ohne diesen Vater, der Fürchterliches an der Ostfront erlebt haben musste und zuweilen auf obsessive, mir immer lästiger werdende Weise davon erzählte, ein ganz anderer geworden wäre. Was ja nun sowieso klar ist.

Und doch muss ich zugeben, dass ich meinem Vater für das Segelflugerlebnis dankbar bin.

Ich habe es nie wiederholt. Doch als ich zum ersten Mal eine Passagiermaschine bestieg, hatte ich einen Fensterplatz, und es entzückte mich, wie wir allmählich die Wolkendecke durchstießen, wie die luftigen Schwaden heller und durchsichtiger wurden, bis sie überirdisch den Strahlen der Sonne wichen. Ich fand das Gehabe der Mitreisenden, die kaum aus dem Fenster blickten, sich ihren Zeitungen, ihren Papieren widmeten und das Wunder des Fliegens herzlos ignorierten, schändlich, und zuweilen, wenn ich heute auf Dienstreisen unterwegs bin und mich genauso verhalte, erinnere ich mich an die Verachtung, die ich damals empfand.

Je öfter ich im Lauf meines Lebens unterwegs war, desto mehr allerdings empfand ich das Fliegen als die qualvollste Form des Reisens. Zu Beginn waren die Passagiere privilegierte Gäste, die mit höflichen Diensten umschmeichelt wurden. Sie hatten das Gefühl, etwas Besonderes zu sein, und als Flugreisen allmählich üblicher und attraktiver wurden, beeilte sich sogar die Bundesbahn, in ihren Kunden ähnliche Gefühle zu erwecken, was gründlich misslang und satirische Publikationen wie *Senk ju vor träwweling* erzeugte. Auch hier verspätete sich die Bahn. Je mehr die Flugpreise sanken, je mehr die Zahl der Reisenden stieg, je rigider die Sicherheitsmaßnahmen wurden, umso mehr sah sich der Reisende als bloßes Stückgut, das rüde von einem Wartezustand in den nächsten geschoben wurde, und das Fliegen verlor jeglichen Reiz.

Jedenfalls erging und ergeht es mir so. Vom Abenteuer, von der Schönheit des Fliegens, das ich als mitfliegender Segler einst erlebt hatte, ist nichts geblieben als die stoische, stiernackige Ausdauer im Überstehen demütigender Prozeduren. Und doch kehrt die ehemals vertraute und reizvolle Anspannung zuweilen zurück, wenn ich auf Transatlantikflügen unterwegs bin und nach elend langen Stunden endlich fremden Boden betrete, wo eine andere Uhrzeit gilt, wo die Bilder, die Gerüche, die Menschen ganz andere sind, so dass es mir als ein Wunder erscheint, so plötzlich so weit weg zu sein und dafür wenig mehr getan zu haben, als geduldig zu sein.

Flugangst, wie sie viele Menschen quält, hatte ich eigentlich nie, wohl aber leide ich gelegentlich unter Klaustrophobie, was ja letztlich eine Variante dieser Angst ist. Sie ereilte mich einmal, als ich auf einem Flug von Rom nach Hamburg in der letzten Reihe am Fenster saß und plötzlich von der Panik ergriffen wurde, eingesperrt zu sein. Die Maschine war voll besetzt. Rechts neben mir war die Außenwand, hinter mir die Rückwand, links von mir und alle Reihen vor mir saßen dicht an dicht die Passagiere. Mir brach der Schweiß aus, ich wollte aufspringen, wollte hinaus. Die Panik ging vorbei, zum Glück. Seitdem buche ich, wenn es irgend geht, einen Platz am Gang.

Das Fliegen selbst jedoch versetzt mich immer noch in eine gehobene Stimmung. Ich verspüre sie am ehesten in kleinen Maschinen. Einmal saß ich in einem alten Propellerflugzeug, das in geringer Höhe und mit geringer Geschwindigkeit an der Westküste Grönlands entlangflog. Die zehn oder fünfzehn Sitze hatten simple Eisenrahmen, die mit durchgesessenem Segeltuch bespannt waren. Ich saß neben der Einstiegstür, deren Gummidichtung so schadhaft war, dass ich durch den Türspalt hinabblicken, das Felsgebirge und weiter unten die Eisberge klar erkennen konnte.

Freundschaft

Den Sommer 1997 verbrachten wir – meine Frau, die beiden Mädchen und ich – im Haus unseres Freundes Wolf Schäfer, des in Stony Brook lehrenden Historikers, der eine längere Reise angetreten hatte. Die prachtvolle Villa, errichtet in der klassischen amerikanischen Holzbauweise, lag in dem kleinen Vorort Belle Terre, unweit von Port Jefferson auf Long Island. Wir besuchten bei dieser Gelegenheit den Schriftsteller Louis Begley und seine Frau Anka Muhlstein in ihrem Ferienhaus in der Nähe von Bridgehampton – etwa eine Autostunde weiter östlich. Es war ein sonniger Tag, wir genossen die bezaubernde Gastfreundschaft von Anka und Louis, die Kinder vergnügten sich im Pool. Begley hatte es sich nicht nehmen lassen, uns an der Post in Bridgehampton abzuholen: der Weg sei schwierig zu finden. Er fuhr uns voran, und in der Tat wurde aus der Straße bald ein Feldweg, der sich unübersichtlich verzweigte und im Gehölz zu verlieren schien. Wir landeten irgendwo auf einer sandigen Lichtung zwischen Kiefern und Schilf und sahen unweit vor uns einen aus Holz gebauten Pavillon. Begley stoppte, stieg aus und kam uns entgegen, um uns zu zeigen, wo wir parken könnten. In diesem Augenblick sah ich, wie sein Auto, das er auf einem kleinen Gegenhang abgestellt hatte, zurückrollte. Ich rief ihm eine Warnung zu und eilte, ihm zu helfen. Noch jetzt sehe ich den zarten Mann, wie er sich vergeblich gegen den schweren Wagen stemmte. Meine Hilfe jedoch war nicht vonnöten, denn das Auto war kurz darauf in der Kuhle von selbst zum Stehen gekommen. Lachend und aufatmend begaben wir uns ins Innere des geräumigen Anwesens, um Anka zu begrüßen und gemeinsam Kaffee zu trinken.

Ich hatte Begley Jahre zuvor persönlich kennengelernt, als ich ein langes Gespräch mit ihm führte, das in meinem Buch *Gelobtes Land – Amerikanische Schriftsteller über Amerika* nachzulesen ist. Seine Bücher hatten mich beeindruckt, und ich hatte über die Romane *Der Mann, der zu spät kam* (1996), *Schmidt* (1997) und *Mistlers Abschied* (1998) begeisterte Kritiken in der *ZEIT* geschrieben. 2003 erschien sein Roman *Schiffbruch*, der mich tief enttäuschte. Ich zögerte, darüber zu schreiben, tat es dann doch und zeigte die Kritik meinen Kollegen mit der Frage, ob sie mir davon abrieten, den von mir geschätzten Begley damit möglicherweise zu kränken. Die Kollegen fanden, dies sei zwar ein Verriss, jedoch ein respektvoller, und da ich die vorherigen Romane gelobt hätte, sei es erlaubt und legitim, mein jetziges Missvergnügen kundzutun.

Ich hätte nicht auf die Kollegen, sondern auf meine inneren Zweifel hören sollen, denn sobald meine Kritik erschienen war, erhielt ich ein zorniges Fax von Begley, dessen Hauptvorwurf lautete: Derart schäbig dürfe man einen Freund nicht behandeln. Ich war erschrocken, versuchte mich zu rechtfertigen, bat um Entschuldigung, und am Ende unseres Briefwechsels schrieb Begley: Er sei zwar nicht imstande, mir zu verzeihen, doch komme es vor, dass er solche Dinge vergesse. Danach hatten wir keinen Kontakt mehr miteinander.

Ich frage mich bis heute, ob Begley und ich befreundet gewesen sind. Für mich war er immer der Ehrfurcht gebietende Autor, der in seinem Buch *Lügen in Zeiten des Krieges* (1991) erschütternd davon erzählt hatte, wie er als jüdischer Junge durch Glück und Geschick dem Terror der Nazis entrann. Trotz diesen schönen Nachmittags auf Long Island, trotz eines Gegenbesuchs des Paares in unserer Eppendorfer Wohnung hätte ich gezögert, Louis Begley als einen persönlichen Freund zu betrachten. Ich hatte immer das Gefühl, er sei wesentlich älter als ich, er sei jemand von einer ganz anderen Generation. Was insofern stimmt, als er zur Generation der Opfer gehört – und ich zur Nachgeneration der Täter. Was jedoch das Alter betrifft, so trennen uns lediglich zwölf Jahre.

Es kam hinzu, dass unsere Kommunikation insofern oft etwas einseitig war, als der Sozius der New Yorker Kanzlei Debevoise & Plimpton, der Berater internationaler Firmenzusammenschlüsse, die Eigenart hatte, sehr leise und zugleich sehr elaboriert zu sprechen, was meine leider prekären Sprachkenntnisse nicht selten auf eine harte Probe stellte. Immer wieder, vor allem auf Partys, wo wir gelegentlich zusammentrafen, gab es den für mich schamvollen Moment, da ich ihn nicht mehr verstand und mich unter einem Vorwand entfernte. Er hat das offenbar nie bemerkt. Da er meine simplen Fragen und Antworten leicht verstehen konnte, da er meine Mädchen liebreizend und mich, den deutsch aussehenden Deutschen, offenbar sympathisch fand – meine enthusiastischen Rezensionen erst recht –, muss in ihm der Gedanke entstanden sein, wir seien wahrhaft Freunde. Und ein Freund geht nicht an die Öffentlichkeit, um ihr mitzuteilen, der Freund habe einen missglückten Roman geschrieben. Insofern verstehe ich Begley gut.

Was ist ein Freund? Ich weiß es nicht. Ich glaube, dass Schriftsteller und Kritiker selten wirklich befreundet sein können. Lange Jahre war ich mit Gerhard Roth befreundet, noch länger mit Jürg Laederach. Wir haben uns nie entzweit, aber die Tatsache, dass ich einige ihrer Bücher nicht wirklich zu schätzen vermochte, was sich nicht darin ausdrückte, dass ich kritisch darüber schrieb, sondern darin, dass ich schwieg, hat sicherlich dazu beigetragen, dass wir uns aus den Augen verloren haben. Ein Gegenbeispiel ist Uwe Timm, der mir auf rührende Weise dafür dankbar ist, dass ich vor ewigen Zeiten, es war 1974, seinen ersten Roman *Heißer Sommer* in der *FAZ* groß gelobt habe. Danach habe ich wenige Male und in langen Abständen über ihn geschrieben, immer zustimmend oder begeistert, doch kam es kaum zu einer wirklichen Nähe, erst viele Jahre später, vor allem deshalb, weil Uwe Timm die Gabe der Dankbarkeit besitzt. Und da wir beide, abgesehen von biografischen Parallelen, nunmehr so alt sind, dass uns die frühere Rollenverteilung nicht mehr beschäftigt, können wir in der Tat Freunde sein.

Mit Peter Handke und Botho Strauß verbindet mich eine langjährige, eine intensive geistige Beziehung, der ich in vielen Gesprächen und Kritiken nachzugehen versucht habe, und doch fehlt daran etwas, was Freundschaft im emphatischen Sinn ausmacht – der innere Gleichklang über längere Zeit hinweg. Das Schöne an der deutschen Sprache ist die Unterscheidung zwischen »Sie« und »Du«, und es müsste einiges geschehen, damit ich mit Handke oder Strauß auf Duzfuß käme. Das ist auch gar nicht nötig. Ich weiß, dass die beiden mich achten und schätzen, sie wissen es umgekehrt auch, und zugleich wissen wir, dass wir im natürlichen Konflikt des literarischen Betriebs einander gegenüberstehen – der Kritiker hier, der Autor dort. Jedenfalls war das so, als ich noch ein gewissermaßen hauptamtlicher Literaturkritiker war. Ich füge hinzu, dass ich zu beiden so etwas wie Liebe empfinde, wobei der Begriff Nähe wie Distanz, Zuneigung wie Befremdung mit einschließt.

Sicherlich ist es so, dass Begley, der aus einer anderen Tradition kommt und in dessen Sprache die Unterscheidung zwischen »Sie« und »Du« undeutlicher und zugleich übergangsreicher ist, diese Beziehung anders verstanden hat, anders verstehen musste, als ich sie verstanden habe. Und doch gebe ich zu, dass ich einige Signale Begleys nicht wirklich begriffen habe – die persönlichen Mitbringsel zum Beispiel oder auch den insistierenden Ratschlag, seinen Sohn zu besuchen, der zufällig in eben jener Kleinstadt Oundle lebte, wo unsere Tochter ihr englisches Auslandsjahr verbrachte. Das waren ganz offenbar Freundschaftsangebote, die mich davon hätten abhalten sollen, so herzlos mit seinem *Schiffbruch* umzugehen.

Ich bin wohl kein guter Freund. Jedenfalls dann nicht, wenn der wahre Freund im Konfliktfall sagt: *My country – right or wrong*. Ist Treue die Bedingung von Freundschaft? Ich sehe, dass sich nicht allein die Menschen, mit denen ich befreundet war, verändert haben, sondern dass ich selbst in vieler Hinsicht ein anderer geworden bin, so dass, was ich einst schätzte, mir Jahre später als weniger schätzenswert oder gar als unerheblich vorkam. Und dieser Wandel gilt sicherlich auch umgekehrt. Ich erinnere mich nicht allein an die Fälle, da ich einen Freund enttäuschte, sondern auch an jene, da mich jemand, den ich für meinen Freund hielt, brüskierte. Lothar Baier, den Kritiker und Schriftsteller, habe ich eine Zeitlang umworben. Ich mochte ihn wegen seiner hellen Intelligenz und seines leisen, fast scheuen Auftretens. Wir verbrachten, als wir beide noch in Frankfurt lebten, manchen Abend miteinander – allerdings zumeist auf meinen Wunsch hin. Mein Werben blieb auch insofern ohne Erfolg, als er mir später (ich schlug ihm vor, zur *ZEIT* zu kommen) einen Korb gab. In einer vergessenen literaturpolitischen Kontroverse nahm er aggressiv Partei gegen mich, was mich gekränkt hat. Und doch hat mich die Nachricht von seinem Selbstmord im Juli 2004 sehr getroffen.

Es scheint so zu sein, dass ich nicht der Freund bin und wohl auch nicht sein kann, der dem Freund über alle Fährnisse und Wendungen hinweg die Treue hält. Das bedrückt mich. Die Tatsache, dass es dennoch alte Freunde gibt, mit denen ich mich seit Jahrzehnten verbunden fühle, tröstet mich etwas.

Garten

Den Garten des kleinen Frankfurter Reihenhauses, wo wir zur Miete wohnten, pflegte mein Großvater zu bewirtschaften. In jenen Jahren waren die Schrecken des Krieges noch so gegenwärtig, dass man den Hunger, den mir meine Mutter als permanente Folter geschildert hat, noch immer als allzeit drohende Gefahr fürchtete. Ich erinnere mich daran, dass meine Mutter eines Tages in Tränen ausbrach und rief: »Es gibt Krieg!« Das war, wie ich später begriff, im Jahr 1956, als die Niederschlagung des Ungarn-Aufstandes und die fast gleichzeitige Suez-Krise die latente Kriegsangst beflügelten. Meine Eltern tätigten Hamsterkäufe, und im Keller lagerten Dutzende von Kanistern mit Sonnenblumenöl – der Kriegsmangel an Fett und Öl war noch in übelster Erinnerung. Noch Jahre danach stöhnte die Familie unter der Aufgabe, das nicht sonderlich gute Öl Kanister um Kanister aufzubrauchen.

Vor diesem Hintergrund ist es begreiflich, dass man sich glücklich schätzte, eine minimale Landwirtschaft zu haben, die eine gewisse Grundversorgung zu ermöglichen schien. Der Boden unseres Gartens allerdings war so schlecht, dass er für Kartoffeln nicht in Frage kam. Immerhin versuchte sich mein Großvater an anderem nützlichen Gewächs. Er pflanzte Bohnen an, Karotten, Erbsen, Tomaten, Salat. Ich weiß das, weil er mich schon früh als Gehilfen heranzog. Ich durfte die im Boden steckenden Holzstäbe mit Nähgarn kreuzweise verbinden, damit ein Netz entstünde, das die Vögel davon abhielte, die frische Saat aufzupicken. Unter die Erdbeerpflanzen waren Büschel aus Holzwolle zu deponieren, damit die reifen Beeren nicht im Regen verfaulten. Viel war zu tun, und mein Großvater, ein mächtiger, kräftiger Mann, brachte mir manches bei – darunter übrigens auch die Kunst, Weidenflöten zu schnitzen.

Es war nun leider so, dass die Bohnen nur mäßig gediehen, dass die Karotten, die bei uns Gelbe Rüben hießen, allenfalls kurze und oftmals gespaltene Wurzeln hervorbrachten, dass von den Erbsen nur ein paar Schoten heranreiften, dass die Tomaten mickrig waren und schwarze Ringe bekamen. Die Beete mussten von Unkraut befreit und immer von Neuem gegen die Gier der Vögel gesichert werden, und sobald die übrig gebliebene Saat zu gedeihen schien, kam der Sommerregen, mit ihm Fäulnis und Schneckenfraß. Einzig der Kopfsalat machte sich gut. Als er jedoch reif war, fing er rasch an zu »schießen«, was bedeutete, dass man ihn ernten musste.

So groß die Familie auch war (sieben Personen damals: Großvater, Tante, die Eltern und drei Kinder) – sie hätte sich pausenlos von Kopfsalat ernähren müssen, um die Ernte aufzuzehren. Es kam hinzu, dass der Salat just in jenen Wochen, da wir ihn im Überfluss hatten, ausgesprochen billig war. Ich erinnere mich daran, dass meine Mutter, die das Haushaltsbuch führte (ich musste ihr bei der Addition der Posten helfen, um meine Rechenkünste zu üben) und die über Preise Bescheid wusste, das Missverhältnis zwischen Aufwand und Ertrag kritisierte. Ihr eigentliches Motiv bestand wohl darin, ihren Vater, der keineswegs so stark war, wie er aussah, der im Gegenteil an Herzbeschwerden litt und ihnen wenig später erlag, davon abzuhalten, sich in der Gartenfron zu erschöpfen. Zumal immer klarer wurde, dass die Versorgungsnot der Kriegsjahre schiere Vergangenheit war. Alles gab es im Überfluss. Das einzige Problem war, es bezahlen zu können. Daran konnte die achtbare Landwirtschaft meines Großvaters nichts ändern.

Als ihr Vater gestorben war, sorgte meine Mutter dafür, dass Blumen an die Stelle von Salat und Gemüse gepflanzt wurden. Sie liebte Blumen, und ich weiß, dass ich diese Liebe von ihr geerbt habe. Sie bezog mich ein in ihre botanischen Ideen, und gemeinsam studierten wir Kataloge, bestellten Stauden und Rosen. Ich war ja ein gewiefter Katalogstudent, der sich an Auto- und Fahrradkatalogen schon geübt hatte, und ich wurde nun zuständig für die Pflanzung, für die Pflege von Dahlien und von Rosen. Meine Mutter hatte eine Leidenschaft für Dahlien, die auch dadurch nicht gemindert wurde, dass man die Knollen im Herbst ausgraben musste, damit sie in einem kühlen Keller überwintern konnten. Sie scheute diese Mühe keineswegs und blickte begierig auf die frisch gesetzten, im Frühjahr austreibenden Pflanzen, die dann im Hochsommer in feurigen Farben erglühten. Im Vergleich dazu war unsere Rosenkultur nicht sehr erheblich, aber wir freuten uns gemeinsam an allen Knospen und Blüten, als wären sie unser beider Verdienst.

Meine gärtnerische Leidenschaft stammt aus jener Zeit, und das Glück fügte es, dass ich, von längeren Pausen abgesehen, kleine und auch größere Gärten bewirtschaften und pflegen konnte. Der Garten der Hamburger Parterrewohnung, in der ich seit mehr als dreißig Jahren lebe, hat mich über manche berufliche Krisen hinweggerettet.

Wenn ich erschöpft, zuweilen gequält von der Redaktion nach Hause kam, warf ich meine restliche Energie auf die Vernichtung des Unkrauts oder den Rückschnitt der wuchernden Büsche, und die Sorge um den Zustand des Rasens oder der Rosen verdrängte beim Einschlafen die Sorge um den Zustand meines Ressorts.

So gut wie immer hatte ich in Großstädten gelebt, und von Zeit zu Zeit packte mich die Idee, ein Haus auf dem Land zu haben. Sie wurde virulent, als ich mit meinen Kindern ihre Lieblingsbücher las, ob Bullerbü, Saltkrokan oder andere Geschichten, in denen die Schönheiten der Natur und des ländlichen Lebens gefeiert wurden. So kam es, dass meine Frau und ich einige Zeit damit verbrachten, ein Ferien- oder Wochenendhaus zu finden. Am liebsten natürlich das in unserer Fantasie aufsteigende Haus auf dem Hügel, die von einem besonderen Bilderbuch inspiriert worden war: Mit Blick übers Land, umgeben von Bäumen, Wiesen und einem schönen Garten. Wir haben – begreiflicherweise – dieses Haus nie gefunden, obwohl wir bei unserer Suche manch verlockende Angebote antrafen. Ein jedes jedoch hatte einen kleineren oder größeren Haken, so dass es nie wirklich ernst wurde. Heute bin ich froh, dass es so gekommen ist. Zwar besitze ich noch immer kein eigenes Haus und werde wohl nie mehr dazu kommen. Doch sehe ich deutlicher als früher – und erfahre es am Beispiel von Freunden –, welche Lasten damit verbunden wären. So habe ich mich auf friedliche Weise damit abgefunden, bescheidener Mieter zu sein.

Die Liebe zu meinem Garten mindert das nicht. Nach langen Jahren sehe ich, worin die Arbeit des Gärtners besteht:

Er will bestimmen, was wo und in welcher Größe gedeiht. Er beginnt als Willkürherrscher, der pflanzt und schneidet, vernichtet und begrünt. Allmählich erkennt er die Grenzen seiner Macht. Insekten, Pilzkrankheiten, Schnecken und die Wechselfälle des Wetters fallen ihm in den Arm. Doch er gibt nicht auf, er hadert und kämpft, bis der Garten seinem Ideal nahegekommen ist. Gärtner sind zumeist keine netten Menschen.

Gin

Der Gin kommt mir in den Sinn, weil er mir die erste (und bislang letzte) Alkoholvergiftung meines Lebens beschert hat. Die Feten zum Abschluss des Abiturs 1965 fielen zufällig in die Karnevalszeit. An die mehreren Partys erinnere ich mich nicht mehr, wohl aber an die letzte, die am Fastnachtsdienstag in der Wohnung eines Freundes stattfand. Wir hatten getanzt, geredet, getrunken. Es war spät geworden, wir alle waren angeschlagen, die Mädchen schon gegangen, es schien ratsam, ins Bett zu gehen. Als ich mich verabschieden wollte, wies mich ein Kamerad auf die noch halb gefüllte Gin-Flasche hin und bemerkte, es gehöre sich nicht, sie übrig zu lassen, zumal alle anderen Getränke sorgsam und pflichtgemäß vertilgt worden seien. Beide waren wir schon so betrunken, dass uns das Argument als schlagend erschien. Wir tranken den Gin aus. Die Wirkung trat nicht sofort ein, und ich schaffte den Fußweg zur elterlichen Wohnung, die kaum 15 Fußminuten entfernt lag, gerade noch. Doch als ich die Treppe zu meinem im Keller gelegenen Zimmer hinabwankte, überkam mich auf der untersten Stufe das schiere Elend. Ich kotzte mir aus dem Leib, was ich in mir hatte, und leider noch mehr. Meine Mutter war wach geworden, hörte das Würgen und Ächzen. Sie eilte herbei, reinigte mich, brachte mich zu Bett, und auf einmal war ich, der eben das Zeugnis der Reife erhalten hatte, nur mehr das hilfsbedürftige Kind.

Noch lange danach überfiel mich, sobald ich eine Gin-Flasche sah, die Erinnerung an das Desaster und mir wurde übel. Erst sehr viel später trank ich gelegentlich einen Gin-Tonic, doch wirklich gemocht habe ich ihn nie. Irgendwann jedoch kam die Zeit, als ich Hemingway nicht bloß las, sondern gründlich studierte. Dabei fiel mir auf, dass in seinen Büchern, vor allem in seinem Roman *Über den Fluss und in die Wälder*, von Martinis die Rede war, und weil ich unter Martini nichts anderes verstand als das süße Gesöff der italienischen Wermut-Firma, wunderte ich mich darüber, dass Hemingways Helden (zumeist wohl er selbst) sich damit so ausdauernd befassten. Zwar hatte ich zu dieser Zeit schon James-Bond-Filme gesehen, doch auf dessen legendären Satz »Gerührt, nicht geschüttelt!« überhaupt nicht geachtet. Bis mir irgendwann klar wurde, dass dieses Getränk nicht aus dem italienischen Martini besteht, sondern zum allergrößten Teil aus Gin, aus einer kleinen Zugabe des mit Wermutkraut versetzten Weins, aus Eis und einer Olive. Über das korrekte Verhältnis streiten sich die berühmtesten Barkeeper. Unstrittig ist jedoch, dass der wirkliche Martini ein hochprozentiges Getränk ist, und wer den von Hemingway durch die Einnahme verschiedener Alkoholika markierten Tagesverlauf der Ereignisse in Venedig (*Über den Fluss und in die Wälder*) addieren wollte, käme auf ein wahrhaft eindrucksvolles Volumen. Es ist leicht, dessen Spuren Hemingways Leben abzulesen, doch mindert das die Größe seines Werkes nicht.

Als ich meinen Essay zum hundertsten Geburtstag Hemingways geschrieben hatte (das war 1999), landete ich eines Abends in der Bar des Hamburger Hotels Vier Jahreszeiten. Ich bestellte einen Martini. Er war so vorzüglich, er wirkte so erfrischend, als wäre er das ideale Getränk, sich ohne Dumpfheit und Kopfschmerzen einem hellen

Rausch hinzugeben, dass ich versucht war, einen zweiten oder dritten zu trinken. Ich tat es nicht, vermutlich wegen des Gins.

Gitarre

Am Gymnasium hatte ich zwei gute Musiklehrer, und einer, Herr Plahs (der andere hieß Schöneich, und ich wundere mich darüber, dass ich das noch weiß), verpflichtete uns, zu Hause nachzufragen, ob es dort Instrumente gebe, Blockflöten, Geigen oder was auch immer. Mein Vater war elektrisiert, als er davon erfuhr, denn er besaß eine gute Konzertgitarre, die er allerdings kaum noch spielte. Er erzählte, im Stuttgarter Haus seines Vaters (der schon früh starb, ich habe ihn nie kennengelernt) habe es mehrere Lauten sowie ein Theorbe gegeben. Im Krieg jedoch sei das Elternhaus bombardiert worden, alles sei restlos verbrannt. Jedenfalls animierte er mich dazu, Gitarre zu lernen, und ich spielte in den kleinen, von Carl Orff inspirierten Arrangements, die Herr Plahs in der Mittelstufe einstudierte. An das Lampenfieber, das ich bei unseren Auftritten hatte, kann ich mich noch gut erinnern. Einige Jahre danach noch bin ich in die Jugendmusikschule gegangen und habe es auf meiner Gitarre bis zu einer gewissen Fertigkeit gebracht.

Die Konzertgitarre ist als Soloinstrument mit Orchesterbegleitung nicht sehr geeignet, weil sie zu leise ist, und folglich ist die Literatur begrenzt. Sie stammt vor allem aus der spanischen, südamerikanischen Musikkultur, und immerhin bin ich dazu gelangt, manche der grandiosen, jedoch meist schwierigen Stücke des brasilianischen Komponisten Heitor Villa-Lobos annähernd spielen zu können. Bis zum Flamenco, der eher eine technische als eine musikalische Herausforderung ist, habe ich es nie gebracht. Ebenso fehlte es mir an der Fähigkeit, die »Klampfe« zu spielen, also jener aus der Zeit der Jugendbewegung stammenden Gitarrentradition zu folgen, mit der man ein Publikum am Lagerfeuer oder sonstwo zum Singen bringt. Dass ich das nicht konnte, hing mit meinem Mangel an Rhythmusgefühl zusammen, vielleicht aber auch damit, dass ich als musikalischer Anführer ungeeignet bin.

Und doch habe ich die Gitarre immer geliebt. Sie ist, ähnlich wie die Laute, ein diskretes, klangvolles Instrument, geeignet für intime Darbietungen, etwa zu jenen erotischen Zwecken, wie man sie dem Minnesang nachsagt. Nein, als Minnesänger habe ich keine Karriere gemacht, es gab jedoch eine Zeit, in der mich meine Gitarre über manche Melancholien hinweggetröstet hat. Wenn ich traurig war, spielte ich meine Lieblingsstücke und improvisierte ein bisschen vor mich hin. Leider bin ich davon abgekommen und merke, wann immer ich neue Versuche unternehme, dass mir die Übung fehlt.

Die Elektro-Gitarre, die dann ihren Siegeszug in der Pop-Musik angetreten hat, habe ich nie gespielt, obwohl sie mich als Hörer immer wieder befeuert hat. Mein Held war Jimi Hendrix, und sein geniales Stück *Machine Gun* habe ich exzessiv gehört. Was er da machte, war eine Gitarrenrevolution, und ich bedauere es, dass mein Vater sie nicht mehr erlebt hat. Ich bin sicher, sie hätte ihm gefallen.

Hand

In jenen jungen Jahren, als meine Freunde und ich über die wünschenswerten Eigenschaften der ideal-schönen Frau diskutierten, sagte ein Freund (der kürzlich verstarb), das Wichtigste sei ihm eine schöne Stimme. In der Tat war die Frau, die er wenig später heiratete, nicht nur eine anziehende Erscheinung, sondern sie besaß zudem eine angenehme und klangvolle Alt-Stimme. Ich weiß noch, dass wir Burschen, die wir eher an die Beine oder die Brüste dachten, von diesem entschieden abweichenden Urteil beeindruckt waren. Später habe ich oft daran gedacht, und heute weiß ich, dass meine spontanen Sympathien oder Antipathien oftmals durch die Stimme geprägt wurden. Meist verstand ich das erst eine Weile später, und es mag sein, dass für mich das Hörbare, im Gegensatz zum Sichtbaren, eine geringere, erst verzögert wirkende Rolle spielt.

Es gibt jedoch ein weiteres, ebenso wichtiges Merkmal, das für die Empfindung von Nähe oder Distanz von größter Bedeutung ist: die Hand. Jemanden zu lieben, dessen Hände ich nicht mag, kann ich mir nicht vorstellen. Nun verhält es sich mit den Händen ähnlich wie mit der Stimme: Ich achte nicht gleich darauf. Die Hand jedoch, ähnlich wie das Gesicht, zählt zu den allerpersönlichsten Eigenheiten eines Menschen. Man begegnet ihr am ehesten beim Handschlag, und ich erinnere mich an den Händedruck einer berühmten, mittlerweile verstorbenen Koryphäe des Zeitungsgewerbes, der eigentlich kein Händedruck war, sondern ein matter Anschmeichlungsversuch.

Ich bin Frank Schirrmacher, den ich beruflich kannte, ein paar Mal begegnet, und wann immer wir uns die Hand zum Gruß reichten, war ich irritiert, beim Nachdenken sogar angewidert von der Schlaffheit seiner kleinen, irgendwie formlosen Hände. Ich wusste, dass er ein Machtmensch von äußerster Härte sein konnte, und habe daraus gelernt, den Händedruck sozusagen umgekehrt zu lesen. So wie den eines befreundeten Kollegen, der mit seiner wahrhaft riesigen Pranke dazu neigt, meine Grußhand förmlich zu zerquetschen, was aber lediglich Ausdruck seiner etwas unbeholfenen Herzlichkeit ist.

Mein schönstes Erlebnis wurde mir mit meinen Kindern zuteil. Die ältere Tochter legte schon früh Wert darauf, sich von der väterlichen Hand zu befreien, eigene Wege zu gehen, danach allerdings, wenn sie etwa hingefallen war, wieder zurückzukehren. Die jüngere jedoch fügte, wann immer wir zusammen waren, ihre zarte Hand in die des Vaters und ließ sie nicht los, solange es irgend ging. Sie suchte Schutz. In Wahrheit jedoch verhielt es sich umgekehrt: Ich empfand, wenn sie ihre Hand in die meine schmiegte, den allerschönsten Trost. Und wenn ich die Enkelkinder von Freunden sehe, diese wundersamen Händchen, erinnere ich mich an diese längst vergangene Zeit.

Und ich erinnere mich an den Beginn von Liebesgeschichten, die nicht allein vom ersten Augen-Blick, der in meinem Fall immer die Initialzündung gewesen ist, bestimmt waren, sondern danach von der Berührung der Hände. Es war, wenn sich die Hände im richtigen Augenblick schlossen, wie ein Schaltkreis, durch den hohe und heiße Energien strömten. Wenn das nicht geschah, so war es keine richtige Geschichte – was ich leider manchmal erst spät verstand. In den schöneren Fällen sind diese Ströme nach und nach ermattet, und es kommt mir so vor, als wäre ihr Verschwinden das untrügliche Zeichen für das Ende einer Liebe gewesen. Und jetzt freue ich mich darüber, dass meine Frau und ich ab und zu einander bei den Händen fassen, und dass der Schaltkreis noch immer funktioniert.

Ich empfinde die Berührung von Händen als etwas höchst Intimes, und daran ändert auch die Tatsache nichts, dass der Händedruck, jedenfalls in meinen kulturellen Breiten, noch immer als der Standardgruß gilt. Er scheint nichts zu bedeuten. Was aber nicht stimmt, denn jeder Händedruck, der über die üblichen Millisekunden hinaus andauert, besagt etwas Unmittelbares, nicht immer Erwünschtes. Ich gehe zuweilen in die Englische Messe unserer Pfarrgemeinde, wo sich Schwarze, Polen, Kroaten, Philippinen und andere katholische Immigranten zusammenfinden. Zu den Ritualen dort gehört, dass man sich beim gemeinsam gesungenen Vaterunser bei den Händen fasst. Der Gedanke ist klar: Die Gemeinde soll eine wahrhaft christliche Gemeinschaft bilden, die sich jetzt auf Gott hin zuordnet. Und doch widerstrebt in diesem Augenblick alles in mir, und ich versuche, den möglichen Strom, der mich mit meinen unbekannten Banknachbarn verbinden könnte, durch eine Art Willensbremse zu unterbinden.

Handschuhe

Als Kinder trugen wir die von der Tante gestrickten Wollhandschuhe, die in kürzester Zeit verfilzten und löchrig wurden. Handschuhe aus Leder waren zu teuer, Kunststoffe gab es noch nicht. Im Schnee wurde die Wolle nass und schützte kaum noch vor der Kälte. Das war kein ernstes Problem, denn die Winter in Frankfurt waren selten streng, und wenn endlich einmal Schnee lag, wenn endlich die Zeit zum Rodeln gekommen war, waren wir Kinder so begeistert, dass selbst blau gefrorene Finger uns nichts anhaben konnten.

Als ich selber Kinder hatte, waren die Winter keineswegs härter, doch Vater und Mutter sorgten sich um die Fingerchen des kostbaren Nachwuchses. Ständig wurden neue Fäustlinge und Fingerhandschuhe angeschafft, weil sie abhanden gekommen, aus dem Buggy herausgefallen oder vom Kind leichthin weggeworfen worden waren. Wenn ich heute an kalten Tagen einen verlorenen kleinen Handschuh am Zaun aufgespießt sehe, damit er vielleicht wiedergefunden würde (immer ist es ja bloß einer), erinnere ich mich an die Handschuhzeit mit den Kindern. Natürlich weinten sie, wenn die Finger kalt wurden, und vermutlich habe auch ich als Kind geweint, wenn die Kälte kam. Ich sage vermutlich, denn die Schmerzen habe ich vergessen – wie es ja überhaupt ein Glück ist, dass man die meisten Schmerzen vergisst.

An einen Schmerz jedoch, der mit Handschuhen zu tun hat, erinnere ich mich sehr gut. Ich war als Journalist zu einer Grönlandreise eingeladen. Es war im April 1997. Wir flogen von Kopenhagen nach Kangerlussuaq, landeten auf der von amerikanischen Militärs gebauten Piste, die bei der Berliner Luftbrücke 1948/49 eine wichtige Rolle gespielt hat, stiegen in ein kleines Propellerflugzeug und kamen nach Ilulissat an der Westküste Grönlands, direkt gegenüber der Disko Insel. Der Ort beherbergte etwa fünftausend Menschen und mindestens ebenso viele Hunde. Die Häuser, hingewürfelt auf die Felsbuckel, waren blau oder gelb, rot oder grün. Dazwischen war Eis und Schnee, sehr weiß, und abends, wenn sie gefüttert werden, zerrten die Hunde an ihren Ketten und erfüllen die Luft mit dem Orkan ihres Geschreis. Es stieß gegen die Berge und schallte zurück in die Bucht, ein gieriges Wolfsgeheul, ein akustischer Weltuntergang.

Gezogen von diesen Hunden, begab ich mich auf meine Schlittenreise ins Eis. Unsere Expedition setzte sich zusammen aus vier Schlitten, 49 Hunden, vier Eskimos (korrekt gesprochen: Inuit), einem dänischen Biologen, einer deutsch-grönländischen Leiterin, einem Fotografen und mir selbst. Die Reise dauerte vier Tage, wir waren bis an den Rand des Inlandeises vorgedrungen, das als unüberwindbares, gewaltig graues Massiv gegen den blauen Himmel stand. Ich empfand die Kälte als bitter, vor allem an den Händen. Da ich mich jedoch ansonsten wohlfühlte, ignorierte ich die Schmerzen und das Taubheitsgefühl. Ich hatte gute Handschuhe, Fingerhandschuhe aus Leder, doppelt gefüttert.

Am letzten Tag schlug das Wetter um, die Temperatur stieg deutlich an, von schätzungsweise minus fünfzehn auf minus fünf Grad, doch ein eisiger Schneesturm fuhr uns entgegen. Als wir auf einem zugefrorenen, von Schneewehen hügelig gewordenen See haltmachten, um auf die anderen Schlitten zu warten, drehte sich der Schlittenführer zu mir um, sah mir ins Gesicht und drückte mir seinen Zeigefinger auf die Nase. Ich war irritiert, dachte schon, dies wäre eine mir unbekannte kulturelle Geste der Inuit, und begriff erst nach einer Weile, was er mir bedeuten wollte: Ich solle mir die Wollmaske, die Teil der unteren Mütze war, über die Nase ziehen. Wenn nämlich nach einem solchen Test die Nase weiß bleibt, ist Gefahr im Verzug. Bis heute bin ich dem Mann dafür dankbar, denn so rettete ich meine Nase. Als wir in unserem Hotel angekommen waren, im »Weißen Falken« von Ilulissat, als ich ein heißes Bad genommen hatte, bemerkte ich nicht allein die Taubheit meiner Fingerkuppen, sondern auch etwas, das wie Brandblasen aussah. Der Däne, der sich auskannte, nannte das eine Erfrierung minderen Grades, fügte jedoch (leider zu spät) hinzu, Fingerhandschuhe, gleich welcher Qualität, seien unzureichend, man müsse außerdem gute Fäustlinge darüberziehen. Der Mann hatte recht. Meine Fingerkuppen wurden schwarz, doch darunter bildeten sich Flüssigkeit und allmählich neue Haut, und nach einiger Zeit konnte ich meine Finger in gewohnter Weise wieder benutzen. Seitdem kenne ich mich in Handschuhfragen ein bisschen aus.

Hose

Ich bin ein Angehöriger der Jeans-Generation, und noch heute, wann immer es die Umstände erlauben, trage ich jene Hosen, die, als sie auftauchten, verächtlich Nietenhosen genannt wurden. Alle Versuche, dieser juvenilen Gewohnheit zu entsagen, waren fruchtlos. Die Anwälte, Unternehmensberater und Immobilienmakler, die in mehr oder minder feinem Tuch ihren Büros zustreben, sehe ich ohne Verachtung, aber auch ohne Neid. Ich bin froh, dieses preiswerte, überaus praktische, nämlich waschbare und zudem bequeme Kleidungsstück tragen zu dürfen. Unter Journalisten, gleich welchen Alters, ist das gang und gäbe.

Als ich vor Jahren gefragt wurde, ob ich Interesse hätte, Mitglied eines Rotarier-Clubs zu werden, fühlte ich mich geschmeichelt, denn ich erinnerte mich daran, dass mein Vater erfolglos versucht hatte, Zugang zu Rotary zu erlangen. Ich stimmte der Aufnahme zu, merkte jedoch bald, dass es für das wöchentliche obligatorische Mittagsmahl, regelmäßig verbunden mit einem kurzen Vortrag, eine Kleidungsvorschrift gab. Zwar war sie nirgends festgelegt, gleichwohl erschienen die »rotarischen Freunde« (so lautete die korrekte Anrede) einheitlich in Anzug und Krawatte. Es gab, als ich mit weißem Hemd und Jeans erschien, dazu immerhin mit Schlips und Jackett, freundlich kritische Kommentare. Weil ich dazu neige, Kleiderordnungen zu beachten und bei Opernpremieren etwa im Anzug zu erscheinen, bemühte ich mich, den rotarischen Regeln zu folgen – zumal ich das Gefühl hatte, endlich erwachsen werden und meinem Alter entsprechend seriös auftreten zu sollen.

Allerdings fragten die leger gekleideten Redaktionskollegen, wenn ich im dunklen Anzug erschien, was ich denn vorhätte. Ich hatte keine Lust, das zu erklären, und ich kam mir so seltsam vor, dass ich zu den rotarischen Treffen allmählich wieder mit meinen Jeans erschien. Das lag auch deshalb nahe, weil ich zum Hamburger Hotel Intercontinental mit dem Fahrrad zu kommen pflegte, während die Rotarier in ihren Limousinen und Geländewagen vorfuhren. Irgendwann später bin ich aus Rotary ausgetreten. Es waren nicht zuletzt finanzielle Gründe, denn der Jahresbeitrag, der den meisten Mitgliedern als gering erschienen sein muss, war für meine Verhältnisse ziemlich hoch. Entscheidend jedoch war die Frage der Hose: Einem Club, der Jeans nicht erlaubte, wollte ich nicht angehören.

Mittlerweile sehe ich die Bedeutung von Kleiderordnungen genauer. Mir fällt zum Beispiel auf, dass Theatermenschen in der Regel keine Jeans tragen, sondern schwarze Hosen, schwarze Hemden und schwarze Jacken. Während Architekten nicht selten sandfarben-seidene Anzüge anhaben, dazu Bündchen-Hemden. Allen Intellektuellen und Künstlern (und solchen, die sich dazurechnen) ist gemein, dass sie keinesfalls Krawatten tragen – als wäre dies eine Verletzung der Standesehre. So wie es umgekehrt zur Standesehre in Kanzleien und Ministerien gehört, mit Anzug und Schlips zu erscheinen.

Manchem wird die Hosenfrage als lächerlich erscheinen, und letztlich ist sie das auch. Ich jedoch erinnere mich daran, welch groteske Anfeindungen diejenigen meiner Generation erleben mussten, die als erste Nietenhosen trugen. Das wurde als Revolte verstanden. Diese Zeit ist längst vorüber, und heute bedeuten Jeans rein gar nichts mehr. Was nun die Hose überhaupt betrifft, so erinnere ich mich erstens daran, dass ich als Junge Lederhosen trug, kurze Lederhosen mit entsprechenden Hosenträgern, und dass diese Hosen, weil man sie nicht waschen konnte, nach einiger Zeit speckig wurden und den Geruch von pubertärem Schweiß annahmen, den Geruch der schmutzigen und fettigen Finger, die man daran abwischte. Nach und nach konnte man sie in die Ecke stellen, und das erst machte sie attraktiv.

Zum Thema Hose fällt mir zweitens ein, dass Peter Handke über seinen Kollegen Peter Schneider einmal bemerkte, der trage beim Schreiben am liebsten enge Jeans, weil sie ihn erotisch beflügelten, und das merke man seiner Prosa auch an. Diese Bosheit wurde überhaupt erst zur Nachricht, weil Schneider den kapitalen Fehler beging, die Jeans-Frage zu dementieren. Es mag übrigens sein, dass die männliche Fantasie des Zusammenhangs von gutem Schreiben und enger Hose durch ein legendäres Schwarz-Weiß-Foto beflügelt wurde, das den Nobelpreisträger García Márquez zeigt: Er sitzt mit bloßen Füßen und mit nacktem Oberkörper an einem schmalen Holztisch, lediglich bekleidet mit einer Hose. Sind es Jeans?

Ich muss in Sachen Hose hinzufügen, dass es eine Zeit gab, in der ich nicht die klassischen Jeans trug, sondern Schlaghosen. Wenn ich die entsprechenden Fotos sehe, darunter eines, das mich in einer sehr engen, das Geschlecht betonenden braun karierten Hüfthose zeigt, gehalten von einem überbreiten Ledergürtel und endend in einer geradezu röckchenhaften Breite, wenn ich also dergestalt dokumentiert sehe, wie ich mich einer lächerlichen Mode willig anbequemt habe, dann neige ich dazu, mich zu schämen. Ach was! Ich war jung.

Hortensie

Hortensien hab ich erst schätzen gelernt, als ich im deutschen Norden Fuß fasste. In den holsteinischen und schleswigschen Dörfern, wo der nimmermüde Wind andere Stauden ungern duldet, schmücken sie mit ihren immer irgendwie blassen, rosa- oder lilafarbenen, zuweilen mattblauen Dolden die kargen Häuser. Hortensien sind nicht anspruchsvoll, man muss sie nicht sonderlich hüten und pflegen. In unserem Frankfurter Garten jedoch hatten wir keine, was wohl daran lag, dass meine Mutter sie nicht mochte. Sie liebte die strahlenden Farben von Rosen oder Dahlien. Es gab jedoch den Brauch, befreundeten Familien zur Feier der Erstkommunion eine Hortensie zu schenken. Der Grund lag vermutlich darin, dass es am Weißen Sonntag, der dem Osterfest folgt und an dem seinerzeit (das wurde geändert) die Kommunionskinder ihre religiöse Initiation erfuhren, wenig andere verschenkbare Blumen gab als eben Hortensien.

Das Hortensiengeschenk war die Standardgeste, und ich würde mich daran nicht erinnern, wenn ich nicht dieses Bild vor mir sähe: Es war der Weiße Sonntag meiner jüngeren Schwester. Die Familie hatte nicht wenige Hortensien erhalten, der Gottesdienst hatte stattgefunden, und man schlenderte in lockerer Formation der häuslichen Feier entgegen. Da sah ich vor mir die ältere Tochter einer benachbarten Familie. Sie trug ein rosafarbenes Kleid, das oben eng anlag und von der Hüfte abwärts in einem bis zum Knie reichenden Faltenrock endete. Sie hieß Rosemarie, wird sechzehn oder siebzehn gewesen sein. Ich war vermutlich dreizehn oder vierzehn, wusste nichts und ahnte schon vieles, und als ich sie vor mir gehen sah, ihre hübsche Gestalt, die blanken Waden, die enge Taille, die fraulichen Hüften, und als ich durch den leichten Stoff ihres Kleides die Träger und den Verschluss ihres BHs wahrnahm, war es mir, als ob ich einen Stromstoß bekäme. Das Wunder weiblicher Schönheit hatte mich plötzlich getroffen, auf erschreckende und faszinierende Weise. Nie habe ich mit Rosemarie, die eigentlich Hortensie heißen müsste und in meiner Erinnerung eine hortensienhaft milde Üppigkeit hat, ein einziges Wort gesprochen. Es war nur dieser Augenblick. Heute, wenn sie denn noch lebt, wird sie eine ältere Dame sein. Ich bin *a rather elderly man* und möchte ihr für diesen Anblick endlich danken.

Hund

In den Jahren pubertärer Leiden war mir ein Jugendbuch ans Herz gewachsen, das die Geschichte eines ebenfalls leidenden Jungen erzählt. Der Junge entkommt seiner von Weltschmerz beflügelten Einsamkeit, die ich bitterlich kannte, dadurch, dass er einen treuen Hund zu seinem Freund erwählt. Der Junge und der Hund erleben manche Abenteuer, die ich ebenso vergessen habe wie den Titel des Romans. Der Gedanke jedenfalls, einen Hund zu haben, der mich vielleicht verstünde, hatte sich mir eingeprägt. Und jetzt erinnere ich mich an die Pferdemanie, die meine Töchter in ihrer Pubertät befallen hatte, was zu Ponyhof-Ferien führte und zu der endlosen Buch-Serie *Ann auf Green Gables*, die noch heute die Regale in den verwaisten Kinderzimmern füllt. Was meinen Töchtern das Pferd war, war für mich der Hund. Meine Eltern jedoch wollten keinen, bis meine ältere Schwester, die sich manchmal durchzusetzen wusste, eines Tages mit einem Hund ankam, und zwar deshalb, weil sie ihre Ferien im Haus eines entfernt verwandten Tierarztes verbracht hatte. Das verlieh dem eigenmächtigen Übergriff eine gewisse Legitimation.

Von da an hatten wir einen Hund. Er war nun allerdings ein Langhaardackel, und die romantischen Vorstellungen, die ich mit einem Hund verbunden hatte, scheiterten an diesem Dackel total. Er war störrisch, um das Mindeste zu sagen, er war ein höchst unbequemer, ein leidenschaftlicher und zur Unzeit erregter Genosse, dem es gleichwohl, da er außerdem Charme und Komik besaß, in Kürze gelang, die Herzen aller zu erobern.

Ich hatte damals Kiplings *Dschungelbücher* gelesen, hatte mich natürlich mit Mowgli identifiziert und war vor allem von jener Szene tief beeindruckt, wo der mächtige Panther Bagheera sich vor dem hypnotischen Blick des Jungen fürchtet. Die Idee, dass der Mensch an Intelligenz und Bewusstsein dem Tier überlegen sei, was sich eben daran zeige, dass sein Blick sogar einen Panther oder Wolf in die Schranken weisen könne, hatte mich derart überzeugt, dass ich bei jeder Gelegenheit diese Erkenntnis realisieren wollte. Bei unserem Dackel versagte ich vollkommen, ebenso bei den Katzen befreundeter Familien. Ich probierte dieses Mittel sogar im Zoo (und Frankfurt hatte einen ziemlich bedeutenden), doch nie schaffte ich es, mein tierisches Gegenüber derart zu fesseln, wie es Mowgli gelungen war. Im Gegenteil, die Tiere schauten mich entweder gar nicht an oder gelangweilt weg. Ich war enttäuscht, schob es jedoch auf mich selbst zurück, auf meinen ungeübten, unscharfen Blick.

Kürzlich sah ich den grandiosen Film *Das Salz der Erde*, den Wim Wenders über den Fotografen Sebastião Salgado gedreht hat. Dort gibt es (unter vielen anderen erschütternd schönen und erschütternd schrecklichen Bildern) die Aufnahmen eines Orang-Utans, der den Zuschauer derart fixiert, als wäre er Mowgli. Ich bekam den Eindruck, diesem Menschentier oder Tiermenschen völlig unterlegen zu sein. Ich dachte, dass ich unter seinem leeren, zugleich absolut durchdringenden Blick im Ernstfall ähnlich demütige Gefühle empfunden hätte wie Bagheera bei Mowgli. Ich will damit nicht sagen, dass die *Dschungelbücher* etwas Falsches erzählt hätten, denn noch heute bewundere ich sie, sondern lediglich, dass ich offensichtlich nicht der Mann bin, diesen Spuren zu folgen. Ich bin ja auch nicht Dompteur geworden, sondern Literaturkritiker.

Klicker

Natürlich spielten wir Kinder mit Murmeln. Wir nannten sie Klicker. Es waren farbig lackierte Tonkügelchen. Die kostbaren Glasmurmeln besaßen nur ganz wenige der Kameraden. In der stillen Reihenhaussiedlung gab es so gut wie keine Autos, und wir konnten gefahrlos auf der Straße spielen. Der Bürgersteig oder das Trottoir, wie man in Frankfurt sagte, war noch ungepflastert. Wir gruben kleine Kuhlen in den Weg, markierten einen Abstand und versuchten, die Klicker in das Loch zu bugsieren. Unter den Spielvarianten gab es eine, die ich sicherlich von anderen gelernt hatte. Sie bestand darin, dass man den Deckel eines Schuhkartons mit seitlich ausgeschnittenen, unterschiedlich breiten Schlitzen versah und Zahlen darüber schrieb. Wenn die Mitspieler es schafften, ihre Klicker durch eine der Öffnungen ins Innere rollen zu lassen, ernteten sie die Menge, die darüber angezeigt war, wenn nicht, durfte ich den Klicker behalten. Ich hatte, ohne es zu wissen, eine Spielbank eröffnet. Bald wurden mir die Verluste zu hoch. Ich musste mein Kasino schließen, weil einer der Jungen zu geschickt war. Ich sehe in dieser frühen Niederlage ein Zeichen meines unternehmerischen Unvermögens und zugleich meines ambivalenten Verhältnisses zum Geld. Zuweilen rede ich mir ein, Geld sei mir nicht wichtig, doch ich ahne, dass das keineswegs stimmt.

Als meine Kinder mit Klickern spielten, gab es nur noch die farbigen Glasmurmeln unterschiedlicher Marmorierung und Größe. Immer wieder bekamen die Kinder Nachschub in kleinen Säckchen, denn Murmeln gingen ständig verloren. Sie spielten damit im Garten. Der Rasen wurde Schauplatz aufwendig inszenierter Dramen, zu deren Personal auch Puppen und Teddys zählten und eben die Klicker, die in Familien und Freundeskreise eingeteilt und denen eigene Namen zugewiesen wurden. Gelegentlich beobachtete ich die Spiele, und ich war verblüfft von der Gedächtnisleistung meiner Tochter, die eine Weile lang die Regisseurin dieser Szenen war. Auch Nachbarskinder nahmen daran teil. Die Phase ging vorüber, an die Stelle der Murmeln trat anderes Spielzeug. Heute noch, mehr als zwanzig Jahre danach, finde ich beim Umgraben Glasmurmeln von damals. Niemand, auch meine Tochter nicht mehr, weiß, wie sie heißen.

Dass mir die Kosten für die einstmals teuren Murmeln als unerheblich erschienen, führt mir vor Augen, wie relativ arm meine Eltern anfangs gewesen sind. Wir Kinder wussten das nicht. Die Welt des Konsums war noch schwach entwickelt. Meine Wünsche richteten sich auf Spielsachen wie etwa Wiking-Autos und dann auf wenige große Ziele, auf einen Roller oder ein Fahrrad. Kleidung spielte keine Rolle. Stets war klar, dass nur wenige Wünsche erfüllt wurden. Das wird meinen Kindern nicht anders ergangen sein, wenngleich das Niveau deutlich höher war.

Wünsche sind potenziell unendlich, und sie steigern sich mit den Möglichkeiten. Das führte mir eine schreckliche Szene vor Augen, die sich auf Bornholm ereignete. Wir hatten dort ein Haus gemietet, lagen am Strand und vertrieben uns die Zeit mit Baden und mit Spaziergängen. Es ergab sich, dass wir zu einem Kiosk kamen, wo Eiscreme angeboten wurde. Das Kind wollte gerne ein Eis, und die

Eltern stimmten dem zu. Nun war am Kiosk ein farbiges Plakat angebracht, auf dem acht oder zehn der vorhandenen Eissorten abgebildet waren. Das Kind (etwa sechs Jahre alt) stand vor der unlösbaren Aufgabe, ein einziges davon auswählen zu müssen. Denn das war die Bedingung: lediglich eins. Die Kleine konnte sich nicht entscheiden und bat darum, zwei Eissorten nehmen zu dürfen. Wir blieben hart, und bis heute frage ich mich, ob das richtig war. Das in die Enge getriebene Kind verzweifelte und brach in bitterste Tränen aus.

Dieser Schmerz, so hoffe und glaube ich, ist längst überstanden, doch kommt es mir vor, als hätte ich es als Kind leichter gehabt. Wenn es denn überhaupt Eis gab, wäre es nicht sehr wahrscheinlich gewesen, dass meine Eltern mir eine Kugel erlaubt hätten, und falls doch, hätte ich nur die Wahl zwischen Schokolade, Vanille und Erdbeere gehabt, und ich hätte mich, im Bewusstsein des glücklichen Augenblicks, rasch entschieden – unverlockt durch die fotografische Inszenierung anderer Möglichkeiten.

Kühlschrank

In der Gorbatschow-Zeit durfte ich durch die Sowjetunion reisen. Eingeladen von der *Literaturnaja Gaseta*, die mit der *ZEIT* eine Partnerschaft verabredet hatte, war ich ein Art Staatsgast. Ich hatte eine Dolmetscherin und – jedenfalls ihrer Behauptung zufolge – Anspruch auf Dienstwagen mit Chauffeur. Dieses Auto, ein betagter Wolga, stand uns allerdings nicht selbstverständlich zur Verfügung. Immer wieder musste meine ebenfalls betagte Dolmetscherin massiv darum kämpfen, dass wir in den Genuss des Wagens mit seinen durchgesessenen Sitzen und seinem mürrischen, ständig rauchenden Fahrer kommen durften. Ich habe den Streit, den meine Dame mit dem Fahrer hatte, nicht recht verstanden, und ich fand die Tatsache, dass wir derart kommod durch Moskau und in die nähere Umgebung fahren konnten, geradezu sensationell. Wenn der Fahrdienst plötzlich ausblieb, weil undurchsichtige Machinationen uns benachteiligt hatten, war ich nicht unglücklich darüber, denn ich mochte es, die Stadt mit der Metro auf eigene Faust zu erkunden.

Ich hatte das Privileg, in guten Hotels übernachten zu dürfen, und jedes Mal erblickte ich in den überaus geräumigen, zuweilen gewaltigen Zimmern richtige Kühlschränke – solche, wie man sie in der eigenen Küche hat. Als ich den ersten neugierig öffnete und darauf gefasst war, dass die westliche Minibar von einer russischen Großartigkeit übertroffen würde, als ich irgendwie mit erheblichen Mengen von Getränken und Schnäpsen rechnete, vielleicht sogar mit süßen und salzigen Leckereien, war ich völlig verblüfft, diese Kühlschränke vollkommen leer vorzufinden. Es dauerte eine Weile, bis ich ihren Sinn begriff. Sie dienten den Gästen dazu, Vorräte anzusammeln, und diese Vorräte waren in den Läden oder Cafeterias, mit denen jedes dieser Hotels ausgestattet war, je nach Lage der Dinge zu erwerben. Der Kühlschrank diente nicht so sehr der eigenen Versorgung, sondern vielmehr als Zwischenlager, wo knappe Nahrungsmittel für Tauschzwecke gehortet wurden.

Ich erinnere mich an meinen ersten Abend im Moskauer Hotel Rossija. Ich war eben vom Flughafen gekommen, müde und hungrig. Es war relativ spät, zwischen neun oder zehn. Die Dolmetscherin hatte mich, nachdem ich eines der mehr als 3000 Zimmer bezogen hatte, in eine der Cafeterias geführt, die in manchen Etagen untergebracht waren, und sich danach verabschiedet. Die Schlange am Tresen war überschaubar, das Angebot allerdings auch. Es gab eine tröstliche Menge an Bierflaschen, dazu ganze Pakete von Würsten, außerdem Joghurt. Ich stellte mich an. Und bemerkte zu meinem Missvergnügen, dass die Kunden vor mir nicht ein oder zwei Würste und nicht drei oder vier Flaschen Bier kauften, sondern zehn oder zwölf Flaschen und sechs oder acht Würste. Man füllte, wie ich später kapierte, seinen Kühlschrank. Als ich endlich drankam, gab es nur noch Joghurt. Wer Hunger hat, ist nicht wählerisch, und ich kaufte zwei davon. Setzte mich an einen der Tische des mittlerweile völlig leeren Restaurants, löffelte die Joghurtmenge in eine der Porzellanschüsseln, die reichlich vorhanden waren, sah vor mir eine mit Zucker angefüllte Schale, streute ihren Inhalt reichlich über meine Joghurtspeise und rührte sie um.

In diesem Augenblick fiel mir ein, dass ich vor meiner Abreise von einem Zuckermangel in Moskau gelesen hatte. Und zugleich fiel mir auf, dass dieser Zucker feinkörniger aussah als der gewohnte, sozusagen salziger. In der Tat war es Salz. Ich ließ den weißen Matsch stehen, wanderte Hunderte von Metern zum Ausgang und umrundete den Komplex in der Hoffnung, irgendwo ein Restaurant zu finden – wobei umrunden das falsche Wort ist, denn das Hotel (es wurde mittlerweile abgerissen) war ein gigantisches Quadrat. Die mehreren Gaststätten in den Erdgeschossen waren alle geschlossen bis auf eine. Lärm und Musik drangen aus den Fenstern, und frohgemut marschierte ich zum Eingang. Der allerdings war bewacht, und der Wächter bedeutete mir, dass ich hier nicht willkommen sei. Es handelte sich, wie ich nach und nach begriff, um eine private Hochzeitsfeier. Verzweifelt und zu allem entschlossen, zog ich einen Zehn-Mark-Schein aus meinem Portemonnaie und zeigte ihn dem Mann, der von diesem Argument sofort überzeugt war und mich nach innen ließ. Dort fand ich einen Saal mit ehemals weiß gedeckten Tischen und einer ziemlich derangierten Festgesellschaft. Auf den von Speiseresten und umgefallenen Gläsern befleckten Tischen standen leere Platten und leere Flaschen. Ich setzte mich irgendwo auf einen Stuhl und teilte, indem ich auf eine der Flaschen deutete, dem Kellner mit, er möge mir eine solche bringen. Ich unterstrich meinen Wunsch, indem ich abermals einen Zehn-Mark-Schein hervorholte. Auch diesmal verfehlte er seine Wirkung nicht, und bald kam der Mann mit einer Flasche Sekt und einem Glas zurück. Der Sekt war handwarm und schmeckte abscheulich süß. All dies war von den schwankenden Gestalten um mich herum kaum registriert worden. Weiter vorne wurde ein bisschen getanzt, aber ich hatte den Eindruck, dass viele Gäste, darunter auch das Brautpaar, bereits verschwunden waren oder irgendwo unter den Tischen des weitläufigen Etablissements lagen. Ich trank zwei Gläser des Sekts, rauchte ein paar Zigaretten und entfernte mich.

In anderen Hotels machte ich ähnliche Erfahrungen des planwirtschaftlich erzeugten Mangels. Sobald die Gäste am Tresen des Kiosks oder der Cafeteria herumlungerten, konnte man daraus schließen, dass eine Anlieferung bevorstand. Ohne meine Dolmetscherin, die mich mit Bier und Würsten und Äpfeln versorgte, wäre ich verloren gewesen. In den oftmals schlaflosen Nächten – schlaflos, weil die Zimmer überheizt, die Ventile nicht abzustellen und die Fenster nicht zu öffnen waren – erklärte ich mir selber das Dilemma wie folgt: Angenommen, der Plan sehe vor, eine Population von fünfhundert Menschen mit jährlich zwei Zahnbürsten zu versorgen, so wäre eine Lieferung von tausend Zahnbürsten pro Jahr ausreichend, zumal nicht jeder seine Zähne putzt und mancher mit einer Bürste auskommt. Das geht so lange gut, als alle glauben, es gebe genug Zahnbürsten. Sobald besonders reinliche Zeitgenossen drei Bürsten pro Jahr kaufen, sobald die schwache Ahnung eines möglichen Zahnbürstenmangels entsteht, kaufen alle ihre Zahnbürsten auf Vorrat: Es entsteht Mangel. Er verschärft sich naturgemäß bei Lebensmitteln. Niemand verzehrt mehr als ein oder zwei oder vielleicht drei Würste pro Abend. Mancher mag überhaupt keine Würste. Der schiere Verdacht eines Würstemangels allerdings erzeugt einen gewaltigen Würstebedarf. Daraus entsteht, was ich das Kühlschrankparadigma nenne. Während meiner Reise durch die Sowjetunion habe ich es verstanden.

In meiner Kindheit kannten wir das Wort Kühlschrank überhaupt nicht. Das Gehäuse hieß bei uns Eisschrank, und es war in der Tat ein sorgsam verschlossener Schrank, an dessen Boden sich eine Zinkwanne befand, in der Eisbrocken schwammen. Das Eis wurde mehrmals in der Woche von der Firma Eis-Günther geliefert. Die gelb gestrichenen Kästen aus dickem Holz saßen auf einer Art Kutsche, die anfangs wirklich von Pferden gezogen wurde. Sehr bald wurden sie durch motorisierte Fahrzeuge ersetzt. Wenn der Eis-Günther in unserer Straße vorfuhr, rannten wir Kinder herbei, um zuzusehen, wie die Eisbarren mit Enterhaken aus der Tiefe des dunklen Kastens nach vorne gezogen und mit einem Beil in Brocken zerschlagen wurden. Die Hausfrauen kamen mit Körben, um ihre Eisschränke aufzufüllen. Die kleinen Abfälle, winzige Eissplitter, durften wir Kinder auflesen, und es gehörte zu den Genüssen meiner Kindheit, an ihnen herumzulutschen. Ich mag mir die Menge der heutigen gesundheitlichen Vorschriften, die damals verletzt wurden, gar nicht ausmalen.

Irgendwann gab es auch bei uns einen richtigen Kühlschrank, einen jener bauchigen, mit einem mächtigen waagrechten Hebel zu schließenden Schränke, wie sie heute wieder als nostalgische Modelle angeboten werden. Wir alle, Großvater, Tante, Eltern und Kinder, standen sprachlos vor diesem Wunderwerk der Technik. Von da an veränderten sich unsere Essgewohnheiten, und von da an hörte das Einkochen von Obst, Gemüse und Fleisch allmählich auf. Es war, wenn ich an den üblichen Mittagstisch zurückdenke, ein gewaltiger Fortschritt.

Motorrad

Es kommt mir vor, als hätte ich schon früh den Wunsch gehabt, Motorrad zu fahren, und in der Tat erinnere ich mich an die kurze Tour mit einem Onkel. Die näheren Umstände sind mir entfallen, doch war es in der Nähe von Tuttlingen, der Geburtsstadt meines Vaters, und der »Onkel«, wie ich ihn vage nennen muss, da ich das genaue Verwandtschaftsverhältnis nicht mehr weiß, lebte in Spaichingen. Dort gab und gibt es den fast tausend Meter hohen Dreifaltigkeitsberg, auf dem eine Wallfahrtskirche steht.

Dieser Onkel – ich bin ihm nie mehr begegnet – muss ein Mann gewesen sein, der Spaß daran hatte, einem heranwachsenden Knaben mit seinen Motorradkünsten zu imponieren. Er nahm mich auf den Beifahrersitz seiner schweren Maschine (ich sage »schwer«, weil sie mir sehr groß vorkam) und donnerte die Serpentinen hinauf. Ich fürchtete mich ganz schrecklich, und zugleich erregte mich diese Furcht – wobei ich heute sehe, dass der Zusammenhang von Furcht und Faszination in vielen Augenblicken meines Lebens eine bedeutungsvolle Rolle gespielt hat. Ich hatte Angst vorm Wasser und lernte segeln. Ich fürchtete mich schrecklich vor öffentlichen Auftritten und lernte es, Vorträge zu halten. Ich hatte schwerste Zweifel, ob ich zum Ressortchef geeignet sei, und bin es dann doch geworden. Eben deshalb, weil ich Angst vorm Segeln, Angst vorm öffentlichen Auftritt, Angst vorm Chefsein hatte, war ich davon fasziniert. Und wenn ich die Angst, jedenfalls für den Augenblick, überwunden hatte, war das Glücksgefühl groß.

Damals jedenfalls klammerte ich mich angstvoll an diesen Mann, der schwungvoll die Kurven nahm, bis er plötzlich das Motorrad stoppte. Einer der beiden Reifen war platt geworden. Ich verstand das erst nach einer Weile. Danach wanderten wir den steilen Pilgerweg hinab: er, der das Motorrad bremsend und steuernd talwärts führte, und ich, der ich seinen Erläuterungen zuhörte. Sie bezogen sich auf die Kreuzwegbilder – zum Teil waren es Miniaturkapellen –, die am Wegesrand aufgestellt waren.

Die Szene – ein Erwachsener will einen Jüngeren beeindrucken – wiederholte sich unbeabsichtigt Jahrzehnte später, als ich meinen Freund, den Schriftsteller Gerhard Roth, in der Südsteiermark besuchte. Er hatte dort ein nicht mehr benutztes Bauernhaus, malerisch auf einem Hügel gelegen, gemietet oder gekauft. Ich war mit meinem Motorrad angereist, einer Yamaha TR1, die zwei längs eingebaute V-Zylinder von je 500 Kubikzentimetern hatte und entfernt an die legendäre Harley-Davidson erinnerte. Der Weg aus dem Tal hinauf war schmal, extrem steil, und ich freute mich über den Motor, der die Steigung kraftvoll meisterte.

Es waren sommerlich heiße, unbeschwerte Tage. Wir verbrachten sie mit Spaziergängen über die Felder, mit Gesprächen unter schattigen Bäumen, und abends saßen wir im Freien und tranken Wein. Senta, Gerhards Freundin, leistete uns Gesellschaft. Ich hatte mein Quartier oben unter dem Giebel, und einmal, als ich morgens aufwachte, hörte ich tief brummende Flieger. Es waren mächtige Insekten, gleich überdimensionierten Wespen, die durch das geöffnete Fenster aus und ein flogen. Ich zog meine Lederjacke an, setzte meinen Motorradhelm auf, vertrieb sie aus dem Zimmer und schloss das Fenster. Es waren, wie ich beim Frühstück erfuhr, Hornissen, die als äußerst gefährlich galten. Gerhard Roth war begeistert von meiner Tapferkeit. In Wahrheit jedoch war es Unwissenheit.

An einem sonnigen Tag musste ich hinab ins Tal, um bei einer Sparkasse Bargeld zu besorgen, und Claudia, die dreizehn- oder vierzehnjährige Tochter Sentas, hatte beschlossen, das Freibad der kleinen Kreisstadt aufzusuchen. Was lag näher, als sie auf dem Motorrad mitzunehmen? Sie setzte sich hinter mich, die Badetasche mit den Utensilien schräg über der Schulter. Ich fuhr nicht besonders schnell, doch ich spürte, wie sich das Mädchen an mir festklammerte. Als wir auf der Hauptstraße gestoppt hatten, fragte ich sie nach dem Weg und erbot mich, sie ins Schwimmbad zu fahren, doch war sie schon eilig abgestiegen. Sie sagte, sie gehe den kleinen Rest des Weges gerne zu Fuß. In Wahrheit jedoch, das erzählte sie mir viel später, hatte sie auf dem Rücksitz Todesängste ausgestanden und war froh, ihnen entronnen zu sein.

Alles in allem wird es wohl Dennis Hoppers Film *Easy Rider* (1969) gewesen sein, der in mir den heißen Wunsch erweckte, ein eigenes Motorrad zu besitzen und das Land der Verheißung zu durchqueren. Im Rückblick erscheinen manche Dinge als folgerichtig, scheinen einem Plan zu gehorchen, doch als ich 1979 meinen Motorradführerschein machte, gab es nur die romantische Idee einer abenteuerlichen Reise. Woher sie kam, weiß ich nicht mehr, und damals war es mir gleichgültig. Eines Tages war die Idee da, und sie erschien mir zwingend. Gut möglich, dass mich

Handkes Bücher, vor allem *Der lange Brief zum kurzen Abschied* (1972), dazu angestiftet hatten.

Zunächst hatte ich vor, an der amerikanischen Westküste nordwärts zu fahren und dann den Alaska Highway zu nehmen, hörte jedoch, die Straße sei nicht asphaltiert, sie erfordere eine Geländemaschine und einige Übung. Stattdessen flog ich im Sommer 1979 nach Los Angeles, kaufte dort ein Motorrad, fuhr auf der 101 nach San Francisco und von dort quer über den Kontinent bis nach New York. Meine Maschine war eine bescheidene Honda Hawk mit zwei stehenden Zylindern von insgesamt etwa 500 Kubik. Ich hatte mir ein Fachwörterbuch für KFZ-Technik besorgt, damit ich mir die Begriffe übersetzen konnte. DOHC zum Beispiel, das weiß ich noch, bedeutete Double Overhead Camshaft, zwei oben liegende Nockenwellen.

Es zeigte sich glücklicherweise, dass ich solche Kenntnisse auf meiner Reise nicht benötigte. Dabei wurde mir allerdings etwas anderes klar: Wie gut ich daran getan hatte, die Alaska-Fahrt aufzugeben. Ich war ja ein blutiger Anfänger. Das merkte ich gleich zu Beginn. Ich hatte auf der Küstenstraße gestoppt, um mir einen Pullover überzuziehen. Als ich die Maschine auf dem kiesigen Seitenstreifen abstellen wollte, rutschte mir der Seitenständer weg, sie kippte um, und ich lag halb unter ihr. Ich war zutiefst erschrocken, und erst nach vielen Mühen gelang es mir, mich zu befreien und das Motorrad aufzurichten.

So drückend heiß es in Los Angeles gewesen war, so kühl wurde es an der Küste. Gerade im Hochsommer, wenn das Binnenland unter der Sonnenglut ächzt und der Humboldt-Strom eisiges Wasser an die Felsen spült, kommt es häufig vor, dass die Küstenstraße von dichtem Nebel eingehüllt wird. Ich zitterte vor Kälte und merkte, dass ich völlig unzureichend ausgerüstet war. Erst im Weichbild von San Francisco löste sich der Nebel auf. Ich fuhr auf einen Parkplatz und legte mich in voller Montur in die Sonne. Touristen, die in Shorts und Blusen einem Reisebus entstiegen, betrachteten mich verwundert.

Ich war so gotteserbärmlich durchgefroren, dass ich beschloss, meine Reise aufzugeben. Doch als ich bei Fishermans Wharf auf einer Wiese lag, wo fröhliche Menschen Picknick machten, wo die Luft nach Bratwürsten und Popcorn duftete und bunte Luftballons in den Himmel stiegen, nannte ich mich feige und fuhr weiter. Auf dem etwa 2000 Meter hohen Donner Pass begann ich erneut zu frieren, aber je tiefer ich in die wüstenähnlichen Landschaften Nevadas und Utahs eindrang, umso heißer wurde es. Auf der endlosen, flimmernd weißen Fläche der Salzwüste, wo ich mich am grauen Lineal der Interstate krampfhaft festhielt, kam es mir vor, als stünde ich still, als zöge ein Film mit immer demselben Bild an mir vorbei. Am Ufer des Großen Salzsees schlug ich mein Zelt auf, zog meine Badehose an und watete in das laue und dickflüssige Wasser hinein. Nach einer Viertelstunde reichte es mir gerade bis zu den Waden, und ich gab den Versuch auf, zu schwimmen. Die Sonne war ein riesiger blutroter Ball, der rasch am Horizont versank.

Die Einsamkeit auf dieser rund 6000 Kilometer langen Reise hätte mir zu schaffen gemacht, hätte ich nicht bei jeder Gelegenheit die freundlichsten Menschen kennengelernt: den Tankwart, der mich dringend dazu einlud, ihn auf eine Angeltour in die Berge zu begleiten; den alten Mann im Coffee Shop, der genussvoll seine Ham and Beans verzehrte und von seiner Soldatenzeit in Deutschland erzählte; den Trupp von Bauarbeitern, die in einem Motel in Tennessee logierten, mich zum Whisky einluden, Musik machten und zu tanzen anfingen; die älteren Eheleute, die ihr Haus verkauft und einen Schulbus, den sie mir voller Stolz bei einer Tasse Kaffee vorführten, zur Wohnung umgebaut hatten. In diesem komfortablen Wohnmobil verbrachten sie den Winter im Süden, den Sommer im Norden, wo sie sich in den State Parks, zumeist im Yellowstone, ihr Jahresbudget verdienten, sie als Köchin und er als Ranger.

Wann immer ich Motorradfahrern begegnete – selten reisten sie allein, meistens zu zweit –, kam man rasch ins Gespräch, plauderte über das Woher und Wohin, fachsimpelte über Routen und Motoren. Einmal am frühen Abend, das war noch in Kalifornien, sah ich unweit der Straße ein Zelt, davor zwei Motorräder. Dan und Ted stammten aus Buffalo, waren Zwillingsbrüder und fuhren das gleiche Modell. Ich schlug mein Zelt daneben auf, wir grillten Würste, tranken Whisky und rauchten Marihuana, bis es uns zu kalt wurde.

Schwierig waren nur die Großstädte wie Kansas City oder St. Louis mit ihren verfallenen Quartieren und heruntergekommenen Hotels, in denen ich mich immer ein bisschen fürchtete, vermutlich zu Recht. Die letzte Strecke war die schlimmste. Nach einer aufreibenden Fahrt über die vielspurigen und dicht an dicht befahrenen Turnpikes und Skyways von New Jersey landete ich im Lincoln Tunnel, der hinüber nach New York führte. Hier nun stand der Verkehr endgültig still, es ging nur Meter um Meter voran. Es war derart heiß, die Luft war derart von Abgasen erfüllt, dass ich nahe daran war, vom Motorrad zu kippen. Als ich endlich oben angelangt war, am Washington Square abstieg und mich auf einer Parkbank niederließ, erfasste mich die wilde Lebensfreude der Stadt. Ich sah die Schachspieler, die tanzenden Rollschuhfahrer, die Kinder, die im Wasserstrahl eines Hydranten duschten, und ich freute mich. Als ich später zu meinem downtown gelegenen Quartier aufbrach, war ich schon so geübt, dass ich mich lustvoll zwischen den Autokolonnen hindurchschlängelte, Fuchs und Hase spielte, als wäre ich schon immer hier gewesen.

In Hamburg bin ich noch ein paar Jahre Motorrad gefahren, aber es war nicht mehr dieselbe Freude. Der ewige Regen, das gefährlich nasse Laub auf den Straßen, die Dunkelheit, die Kälte im Winter trübten meine Motorradlust. Einmal hatte ich zu spät getankt, die Maschine blieb stehen und blockierte, so dass der hintere Reifen auf dem feuchten Pflaster ins Rutschen kam. Gerade noch konnte ich die Kupplung lösen und die Maschine auffangen.

Meine letzte Fahrt ging nach Amsterdam. Es war im Wonnemonat Mai, doch war es kalt, und es goss in Strömen. Ich hatte vorgesorgt, trug meine Lederkombi, darüber einen astronautenhaften Thermo-Anzug. Ich fror also nicht, aber die Strecke von Hamburg nach Bremen glich einer Unterwasserfahrt. Die Lastwagen, die ich überholte – und nach einer Weile war ich es, der überholt wurde –, schütteten wahre Sturzbäche über mich aus, so dass ich augenblicksweise nichts mehr sah.

Irgendwo auf einer Bundesstraße in der Nähe von Cloppenburg machte ich Rast. Ich musste dringend pinkeln und hatte den Stopp hinausgeschoben, weil ich mich davor fürchtete, aus meiner Montur aussteigen zu müssen. In der Tat wurde es eine langwierige Prozedur. Als ich mich endlich erleichtert hatte, ging ich in die kleine Kneipe am Rand des Rastplatzes und bestellte einen Kaffee. Nie mehr seitdem habe ich den köstlichen Geruch, die schöne Wärme und die ermutigende Wirkung dieses alltäglichen Getränks derart genossen. Und während ich an einem der Stehtische stand, fiel mir Stifters Erzählung *Bergkristall* ein, wo die beiden Kinder am Heiligen Abend in einen Schneesturm geraten und wie durch ein Wunder gerettet werden. Im höchsten Augenblick der Not öffnet der Knabe das von der Großmutter mitgegebene Fläschlein. Die Kinder trinken davon und fühlen sich auf göttliche Weise gestärkt: Es ist Kaffee.

Als ich so dastand und trotz der beschlagenen Fensterscheiben sah, wie der stramme Westwind abermals schwarzgraue Regenwolken heranschob, bemerkte ich die Kellnerin hinter dem Tresen, eine junge Frau, eigentlich sehr hübsch, wenngleich von erheblichem Umfang. Sie entsprach nicht im Geringsten meinen Vorlieben, aber erschöpft wie ich war, fragte ich mich dann doch, wie es mit ihr wäre. Und stellte mir vor, wie es wäre, wenn ich mit meinem matten Haupt, mit meinen strapazierten Gliedern in den Kissen ihrer üppigen Brüste und Schenkel sanft versinken dürfte. Die kleine Fantasie führte mir meine triste Lage vor Augen. Ich brach meine Reise ab, und wenig später verkaufte ich das Motorrad.

Einmal noch allerdings bin ich Motorrad gefahren. Der Vorschlag kam vom Reiseressort der *ZEIT*. Ich fuhr mit dem Zug nach Villach in Kärnten, um dort ein Motorrad leihweise zu übernehmen und durch die Berge zu gondeln. Ich hatte mich in einem Hotel am Millstätter See einquartiert und genoss die sommerlichen Abende bei Wein und Tabakpfeife (damals war das Rauchen noch nicht verboten). Die Motorradfahrten allerdings ernüchterten mich. Nicht allein, weil meine Lederkombi, die im Keller stockfleckig geworden war, ihren üblen Geruch in der frischen Luft erst richtig zur Geltung brachte; nicht allein deshalb, weil die Honda (ein Softchopper) viel zu schwer war, um die Bergstraßen und ihre Haarnadelkurven elegant meistern zu können – der Grund meiner erloschenen Motorrad-Libido war die simple Tatsache, dass ich kein junger Mann mehr war.

Das kam mir zu Bewusstsein, als ich nach einem Ausflug zu meinem Hotel zurückkehrte und auf der kurvigen Straße am See entlangfuhr. Vor mir waren einige PKWs, die sich hinter einem trödelnden Lieferwagen stauten, und ich war versucht, meiner starken Maschine die Sporen zu geben. Ihre Beschleunigung war superb, und leicht hätte ich den Lieferwagen überholen können. Allerdings war die Straße unübersichtlich, man konnte entgegenkommende Autos erst spät erkennen. Während ich noch zögerte, sah ich im Rückspiegel, wie sich ein anderes Motorrad rasch näherte. Es überholte mich, zog an den PKWs vorüber, schickte sich eben an, auch den Lieferwagen zu überholen, als aus einer Kurve ein Auto entgegenkam. Der Fahrer bremste kurz ab, fiel auf den Mittelstreifen zurück, um kurz danach mit aufheulendem Motor davonzujagen. Dieser Fahrer, das hatte ich erkennen können, war ein höchst junger Bursche, und sein Motorrad war ein leichtes Gerät, ein hochtouriger Zweitakter, und meiner Maschine weit unterlegen.

Nein, ich hatte keineswegs das Gefühl, einen Zweikampf verloren zu haben. Mich beschäftigte vielmehr die Frage, weshalb dieser junge Mann, der mehr als doppelt so viele Jahre wie ich noch zu erwarten hatte, diese derart leichtfertig riskierte, während ich mit meinem knappen Budget so geizig umging. Es war dann, als ich beim Wein und mit Blick über den abendlichen See nachdachte, eher die Frage, weshalb mir das überhaupt als Frage erschien. Wer viel zu verschenken hat, kann etwas davon abgeben. Ich nun hatte nicht mehr so viel zu verschenken. Und als ich Kinder hatte, gab ich das Motorradfahren auf.

Pfeife

Zu meinen Vorstellungen von Männlichkeit gehörte schon früh die Tabakpfeife. Gut möglich, dass der übermäßige Genuss von Indianergeschichten, zu deren Höhepunkten das Ausgraben des Kriegsbeils oder das Rauchen der Friedenspfeife zählten, zu diesem Bild beigetragen hat, jedenfalls begannen einige Freunde und ich, frühzeitig Pfeife zu rauchen, und wir rauchten Richmonds Navy Cut, einen Virginiatabak, der zu kleinen Tafeln gepresst war und in hübschen quadratischen Blechdosen angeboten wurde.

Ich litt darunter, dass ich nicht wie ein richtiger Mann aussah, sondern, meinem Alter gemäß, wie ein Schuljunge, und ich glaubte, das Pfeifenrauchen verschaffe mir die fehlende Gravitas. Es gehört zu den Verrücktheiten des Lebens, dass man in der Jugend gerne älter sein möchte und im Alter gerne jünger, doch kann ich zu meinem eigenen Trost hinzufügen, dass ich zumeist mit meinem tatsächlichen Alter einverstanden war. Damals jedoch wollte ich dringend erwachsen und männlich wirken, und der Grund dafür war mein mangelnder Erfolg bei den Mädchen. Die hübschesten meiner Klasse hatten schon Freunde, und alle waren sie deutlich älter als ich.

Die Pfeife hat meine erotischen Chancen nicht vergrößert, doch immerhin bin ich mit ihr älter geworden. Und bin ihr bis jetzt treu geblieben, obwohl mir der Wind des Zeitgeistes den Rauch ins Gesicht bläst. Lange Zeit war das anders. Als ich kürzlich Musils Erzählung *Die Verwirrungen des Zöglings Törleß* abermals las, fiel mir jene Szene auf, wo die Väter ihre Söhne im Internat besuchen und ihnen das Zigarrenrauchen beibringen. Dieses Mannbarkeitsritual muss noch die Generation der Siebzig- bis Neunzigjährigen beeinflusst haben. Ob Herbert Wehner oder Kurt Biedenkopf, Golo Mann oder Rüdiger Safranski, Günter Grass oder Siegfried Lenz – alle waren oder sind sie Pfeifenraucher.

Heute, da ich dies schreibe, hat die Trauerfeier für den Ehrenbürger Hamburgs, für Siegfried Lenz, im Michel stattgefunden, und ich erinnere mich an meine Begegnungen mit ihm. Die schönste und ausführlichste erlebte ich im Haus seiner zweiten Frau, in dem wunderschönen königlichen Forsthaus nahe bei Faaborg auf der Insel Fünen, das die Dänin Ulla Reimer von ihren Vorfahren geerbt hat. Es war 2008 an einem sonnigen Frühlingstag. Wir saßen in dem weitläufigen Wohnzimmer, blickten auf die blühenden Forsythien im Garten und plauderten ein bisschen, bevor das eigentliche Interview beginnen sollte. Lenz hatte seine Pfeife in der Hand, stopfte sie nachlässig mit seinem Tabak (es war Rattray No 7, von dem er mir zum Abschied eine Dose schenkte, ein vorzüglicher Tabak!), zündete das über den Rand hinausquellende Tabakgestrüpp mit einem jener langen und stabilen dänischen Streichhölzer an und qualmte. Da er aber selten nachstopfte und da er die Pfeife auch dazu benutzte, seine Sätze gestisch zu unterstreichen, ging sie immer wieder aus, und immer wieder zündete er sie an. Dass dabei Tabakkrümel auf Tisch und Teppich fielen, bemerkte er nicht. Ulla Reimer wird es sehr wohl bemerkt haben, sie war jedoch zu liebenswürdig, um ihn darauf aufmerksam zu machen.

Wann immer ich Lenz begegnete, begegnete ich seiner Pfeife. Einmal hatten wir einen gemeinsamen Auftritt auf der Bühne des Hamburger Thalia Theaters, als wir über sein *Amerikanisches Tagebuch 1962* redeten, das 2012 überraschend erschienen war. Wir saßen hinter der Bühne und warteten auf den Beginn der Matinee. Natürlich herrschte Rauchverbot, doch für Siegfried Lenz (wie bei anderen Gelegenheiten auch für den Zigarettenraucher Helmut Schmidt) wurde selbstverständlich eine Ausnahme gemacht, und abermals füllte Lenz den Aschenbecher mit den abgebrannten Zündhölzern. So ist mit Siegfried Lenz am 7. Oktober 2014 nicht nur einer der bedeutendsten Schriftsteller gestorben, sondern auch einer der leidenschaftlichsten Pfeifenraucher, die es je gegeben hat.

In früheren Jahren war es leicht möglich, auch außerhalb des Hauses Pfeife zu rauchen, in Restaurants etwa oder in Hotels. Ich habe selten davon Gebrauch gemacht, weil es mir immer etwas lästig war, die Utensilien mitzuschleppen, zumal ich, wenn ich Pfeife rauche, ungern rede. Seitdem das Rauchen generell verpönt ist, rauche ich meine Pfeife nur mehr am häuslichen Schreibtisch und hoffe, dass dies noch eine Weile erlaubt sein wird.

Presse

Erich Welter, dem Gründungsherausgeber der *FAZ*, bin ich ein paar Mal auf den Redaktionsfluren begegnet. Von ihm stammte der Satz »In der Zeitung nichts über die Zeitung!« Damit war gemeint, die Institution Presse dürfe sich nicht selbst zum Gegenstand machen. In dieser Tradition bin ich journalistisch aufgewachsen, was bedeutete, dass sich die Autorität des Textes aus dem Gewicht der Sache und der Argumente zu ergeben hatte, und nicht aus dem Selbstdarstellungsbedürfnis des Verfassers. »Ich« zu sagen war verpönt, und ganz undenkbar wäre es gewesen, den Artikel mit einem Bildnis des Autors zu schmücken. Diese Haltung ist heute, da nicht wenige Journalisten es lieben, sich aufwendig in Szene zu setzen, vollkommen unverständlich geworden. Der zitierte Satz aber hat noch eine weitere Bedeutung: Der Presse obliegt es, über Ereignisse zu berichten, und nicht, Ereignisse herzustellen. Auch das hat sich geändert. Alle Chefredaktionen sind darauf erpicht, den großen Scoop zu landen, damit das eigene Blatt anderswo – am besten in der »Tagesschau« – zitiert werde.

Es war Frank Schirrmacher, Mitherausgeber der *FAZ* von 1994 bis zu seinem Tod 2014, der Welters Devise am gründlichsten zuwiderhandelte. Als Craig Venter im Jahr 2000 behauptete, den genetischen Code des Menschen entschlüsselt zu haben, druckte Schirrmacher diesen Code in großen Lettern über sämtliche Seiten des Feuilletons hinweg. Es war ein dreister Witz, denn kein Leser konnte den Buchstabensalat verstehen, und zugleich war es eine Machtdemonstration. Schirrmacher hat viele solcher Ereignisse inszeniert, und er ist dafür von der medialen Öffentlichkeit gelobt worden. Die Nachrufe glichen Hymnen.

Jens Jessen hingegen hat in der *ZEIT* beschrieben, wie Schirrmacher das Selbstverständnis der Presse verändert hat: »Er hatte die überlegene Witterung auch für kommende Zuspitzungen; zu Recht ist er als diagnostisches Genie gepriesen worden. Doch ist ebenso wahr, dass er beim Zuspitzen gerne mithalf und bedenkenlos die Grenze vom beschreibenden zum gestaltenden Journalismus überschritt. Wenn der Gegenstand zur Debatte nicht vorhanden war, dann wurde er eben durch die Debatte geschaffen. Dass Schirrmachers Verhältnis zur Wirklichkeit plastisch war und den Modus der Überbietung und Entgrenzung suchte, hat niemand besser als seine Förderer und Vorgänger gespürt. Joachim Fest und Marcel Reich-Ranicki haben ihn beide nach anfänglicher Bewunderung zu verhindern gesucht – wenngleich Letzterer sich ihm später wieder eng verbunden gezeigt hat. Heute blickt man, wenn man an deren journalistisches Ethos erinnert, in leere Augen. Die *creatio ex nihilo*, die Schaffung einer großen, die Gesellschaft bis ins Mark ergreifenden Debatte aus dem Nichts, durch reine journalistische Machtvollkommenheit, gilt heute als das publizistische Meisterstück schlechthin. Die Kollegen, die sich in ihren Nachrufen vor Frank Schirrmacher so tief verbeugten, verbeugten sich vor der Verkörperung ihres eigenen Ideals. Manches spricht freilich dafür, dass die Öffentlichkeit, von den meisten Journalisten unbemerkt, der Skandalisierung schon überdrüssig geworden ist.«

Ich hoffe, dass der letzte Satz zutrifft, aber ich bin mir dessen nicht sicher, vor allem nicht, wenn ich auf den Online-Journalismus blicke. Das Wort Presse bezieht sich auf alte Druckverfahren, es hat mit Papier und Druckerschwärze zu tun. Ob Papierzeitungen, die im neuen Sprachgebrauch »print« heißen, noch eine Zukunft haben, ist umstritten und höchst ungewiss. Der Begriff Presse jedoch umfasst mittlerweile alle elektronischen Publikationsformen. Sie haben den Journalismus revolutioniert. Er ist ungleich schneller und aktueller geworden. Zugleich hat er seine ökonomische Basis noch immer nicht gefunden. Es ist nicht üblich – und ich fürchte, es wird auch nicht üblich werden –, dass man für Informationen aus dem Netz etwas bezahlt.

Als ich vor vielen Jahren von den damals noch neuen Online-Kollegen gebeten wurde, einen aktuellen Text zu schreiben, fragte ich automatisch: Wie lang und bis wann? Die Antwort (»am besten sofort, Länge egal«) entwaffnete mich vollkommen. Mein Motor springt nicht an, wenn ich nicht weiß, bis wann ich fertig sein muss und welche Textlänge geboten ist. Später habe ich mich darauf eingelassen, an der Online-Kolumne »Fünf vor Acht« mitzuwirken, die 2013 installiert wurde. Von Montag bis Freitag schrieben im Wechsel ältere Kollegen der *ZEIT* Kommentare zu aktuellen Fragen. Nach fast vierzig Glossen gab ich den Auftrag zurück. Ich konnte und wollte mich an diesen Journalismus nicht gewöhnen. Erstens gab es keinen Redakteur im alten Sinn mehr, einen Kollegen also, der meinen Text geprüft, der ihn gelobt oder kritisiert hätte. Die Glossen wurden so, wie sie waren, kommentarlos ins Netz gestellt, einschließlich gelegentlicher Fehler. Ich konnte froh sein, wenn der Empfang bestätigt wurde. Zweitens bestand das Qualitätskriterium dieser Kolumne nicht in der Eleganz der Formulierungen, nicht in der Originalität der Argumente, sondern einzig und allein in der Resonanz. Je mehr eine Kolumne angeklickt wurde, je mehr Kommentare sie erntete, als umso erfolgreicher wurde sie angesehen..

Immer wieder hatte ich mir vorgenommen, die Kommentare nicht zu lesen, weil ich empört darüber war (und noch bin), dass die Absender oftmals kränkender, zuweilen gar böswilliger Interventionen anonym bleiben durften, während ich für mein Geschriebenes mit Name und Anschrift geradezustehen hatte. Oft jedoch bin ich meinem Vorsatz untreu geworden, und es kam mir dann vor, als betriebe ich einen Voyeurismus in eigener Sache. Ich gebe zu, dass ich ab und an intelligente, bedenkenswerte Zuschriften angetroffen habe. In der Regel aber war ich entsetzt von den Plattitüden und den Ressentiments, die darin zum Ausdruck kamen. Der deutsche Stammtisch, so wurde mir deutlich, der sich einst in der Bierkneipe um den Vereinswimpel geschart hatte, war jetzt nicht nur ubiquitär, sondern auch zum Maßstab eines erfolgreichen Journalismus geworden. Dieselbe Tendenz, nämlich sich dem Publikum an den Hals zu werfen, ihm gute Laune machen zu wollen und es animierend an die Hand zu nehmen, sehe ich auch im sogenannten »Print«-Journalismus. Noch ist diese Strategie erfolgreich, doch vielleicht werden sich die Leser irgendwann dafür rächen, dass man sie unterschätzt. Wer ihren Wünschen folgt, gerät auf Dauer in die Irre. Ich glaube übrigens, dass die Presse gut daran täte, das verfemte Wort von der »Lügenpresse«, wie es bei Demonstrationen laut wurde, selbstkritisch ernst zu nehmen.

Es ist gut möglich, dass die Zeitungen kaum anders reagieren können, als sie es derzeit tun, und ich schätze mich glücklich, dass ich die großen Zeiten des Papierjournalismus noch erlebt habe. Der Online-Journalismus ist mir wegen der beschriebenen Erfahrungen zutiefst fremd, und doch sehe ich mit staunender Bewunderung die jungen Kollegen, die sich ebenso unbefangen wie intelligent, ebenso virtuos wie einfallsreich in den neuen Räumen bewegen. Dass sie nachlässiger, gewissermaßen vorläufiger schreiben, muss kein Nachteil sein, und eigentlich kommt es darauf nicht mehr an.

Radio

Die alten Radios mit dem magischen Auge kennt man aus Filmen oder von Flohmärkten. Mein Vater, der als Bauhausianer ein klares Formgefühl hatte, kaufte schon früh die legendäre Kombination aus Plattenspieler und Radio der Firma Braun, entworfen von der Ulmer Hochschule für Gestaltung. Da gab es keine falschgoldenen Drehräder, keine quasigewebten Stoffverkleidungen und keine kurvigen Zierleisten mehr. Dem Plüsch, der die frühen Radios umhüllt hatte, als könnte damit die alte Zeit zurückgeholt werden, war jetzt der Kampf angesagt. Es war ein später Schauplatz der Kontroverse, die in der berühmten Schrift des Wiener Architekten Adolf Loos *Ornament und Verbrechen* (1908) ihre Zuspitzung gefunden hatte.

Die Formfrage war mir egal, Hauptsache Radio, und ich spielte begeistert mit den lichtgrauen Knöpfen und Tasten. Die Mittelwellensender, vor allem das geheimnisvolle Radio Beromünster, fand ich aufregend, mehr noch die Kurzwellensender, deren Signaltöne (waren es Morsezeichen?) in mir die Vorstellung von Schiffen auf dem Ozean erweckten. Zwar war der Empfang zumeist miserabel, und wenn ich doch etwas hörte, waren es fremde, unverständliche Sprachen. Das störte mich nicht, im Gegenteil: Ich hatte das Gefühl, in die Tiefen des Kosmos vorzudringen, und während dieser Sitzungen – ich hockte vor dem Gerät, das Ohr am Lautsprecher – wurde mir der Begriff »Welt« zum ersten Mal konkret.

Was nun Beromünster betrifft, so erfahre ich aus Wikipedia, dass der schweizerische Sender in den Nazijahren eine bedeutende unabhängige Informationsquelle gewesen ist. Dass ich mich erst jetzt dafür interessiere, zeigt mir, wie unwissend ich in mein erwachsenes Alter hineingestolpert bin. Damals, in den Jahren der Pubertät und auch noch später, war das Radio für mich und die Freunde die allerwichtigste Quelle von Musik, von Jazz, Rock, Chansons. Das steigerte sich, als die ersten Kofferradios aufkamen. Der Begriff war vermutlich die letzte deutsche Bezeichnung für eine technische Neuerung. Alles, was danach kam, der Kassettenrecorder, der Walkman, der MP3-Player und anderes mehr, war dem Englischen entlehnt – vermutlich deshalb, weil die Innovationen keine deutschen mehr waren, sondern japanische oder amerikanische.

Kofferradio ist insofern ein treffendes Wort, als es sich wirklich um kleine Koffer handelte, in die ein Radio eingebaut war. Wir waren begeistert davon, und ich erinnere mich daran, wie ich mit einigen Freunden (wir hatten vom Asta einen VW-Bus gemietet) zum Skilaufen ins Arlberg-Gebiet fuhr. Abends, wenn wir uns auf den Pisten erschöpft und danach gegessen hatten, lümmelten wir auf den Betten der Bauernhaus-Pension herum, tranken Rotwein und hörten »Salut Les Copains« auf Europe 1. Die Leistung des Langwellensenders schwankte extrem zwischen Rauschen und klarem Empfang. Umso begieriger lauschten wir Françoise Hardy, Johnny Halliday oder France Gall. Deren Chanson »Je suis une poupée de cire« riss uns derart hin, dass wir ihn mitsangen, wohl eher mitgrölten. Zu den Erfolgstricks von Europe 1 gehörte, dass man die beliebtesten Lieder am häufigsten spielte, und so konnten wir »Je suis une poupée de cire« oft mehrmals am selben Abend hören. Ich sollte vielleicht hinzufügen, dass es Anfang der 1960er Jahre keine tragbaren Speicher gegeben hat. Das Radio beherrschte die Welt der Musik nahezu vollständig.

Auch das hat sich geändert, und wenn ich heute Radio höre, so höchstens beim Autofahren. Überhaupt ist meine frühere Gewohnheit, mich von meinen liebsten Musikstücken befeuern oder einlullen zu lassen – dazu gehörten einst die Beatles, Pink Floyd, Santana, Dire Straits, Jon Garbarek und viele je nach Alter andere –, nahezu völlig verschwunden. Ich höre nicht mehr nebenbei, ich mag es nicht mehr. Allenfalls könnte ich mir vorstellen, wie einst als Knabe neben dem Lautsprecher zu sitzen und den Klängen einer sphärischen Botschaft zu lauschen.

Rose

Die berühmteste und die schönste aller Blumen ist die Rose. Ich habe sie immer geliebt, muss allerdings gestehen, dass meine Liebe nicht immer erwidert wurde. »Piroschka« zum Beispiel, die anfangs ihre großen, intensiv leuchtenden rosafarbenen Blüten, die wahren Kandelabern glichen, auf begeisternde Weise öffnete, verging nach und nach unter meinen helfenden Händen, und von den fünf Stauden ist heute nur noch eine einzige magere übrig. Anders »Gloria Dei«. Sie leidet zwar unter den bösen Pilzerkrankungen – in meinem Garten ist es der Sternrußtau, der ungeachtet seines poetischen Namens dafür sorgt, dass die Rosen nach der ersten Blüte ihre braun gesprenkelten Blätter abwerfen und trostlos aussehen –, und doch lässt sie sich nicht unterkriegen. Meine »Gloria-Dei«-Rosen sind schon mehr als zwanzig Jahre alt, und in jedem Frühjahr erfreue ich mich an dem Farbenspiel der machtvollen Blüten, die hellgelb beginnen, beim Öffnen Rosatöne hinzufügen und beim Verblühen ins Weißliche übergehen.

»Graham Thomas«, gezüchtet von David Austin, ist ein großer Gewinn. Die inzwischen zwei Meter hohen Büsche bilden bei der ersten Blüte ein Meer goldgelber Blüten. Mit anderen Züchtungen Austins habe ich weniger Glück: die blutfarbene »Othello« kränkelt, die hellrosa, fast weiße »Glamis Castle« ist verschwunden. Die üppig schöne »Kathrin Morley« immerhin hat sich erholt und hält sich tapfer. Mein Garten leidet unter zu viel Schatten, saurem Boden und zuweilen großer Nässe. Das allein wäre noch kein entscheidender Mangel, denn Englands Klima ist so verschieden davon keineswegs, und nicht wenige der schönsten Züchtungen stammen aus England. Und doch: Harter, trockener Frost ist dort äußerst selten, während er im nördlicher und östlicher gelegenen Hamburg durchaus vorkommt, mit üblen Folgen.

Die Freuden und die Leiden des Rosengärtners halten sich die Waage. Nichts ist schöner als der Aufgang der Blütenpracht und der betörende Duft, der sich in sonnigen Stunden verbreitet; nichts ärgerlicher, deprimierender als der Kampf gegen die Feinde. Blattläuse sind harmlos, doch der Rosentriebbohrer, der die Triebe von innen her auffrisst, und die Rollwespe, die junge Blätter verschrumpeln lässt, sind eine wahre Plage. Nicht zu reden von den apokalyptischen Reitern, von Sternrußtau und Grauschimmel, von Mehltau und Rosenrost.

Ich weiß, es gibt schlimmere Katastrophen. Théophile Gautier hat einmal gesagt: »Ich würde lieber auf Kartoffeln verzichten als auf Rosen.« Das gefällt und imponiert mir, aber ich glaube, dass ich im Ernstfall die Erdäpfel vorziehen würde, und ich erinnere mich an die Erzählungen der Vorfahren, in denen vom Kartoffelkäfer und von Hungersnöten die Rede war. In meinem Garten wäre Platz für ein paar Hühner, ein bisschen Kohl und ein paar Kartoffeln. Ich hoffe, dass es nie zu solcher Entfremdung im Namen des Notwendigen kommt, und finde mich mit meinen Rosen und ihren Feinden ab.

Schweiß

An die Nyltest-Hemden werden sich nicht mehr viele erinnern. Es waren die ersten Kunstfaser-Produkte, und sie hatten die Eigenart, den Schweißgeruch zu verstärken und zu verstetigen. Allerdings konnte man, und das war vollkommen neu, diese Hemden leicht auswaschen und – ohne sie zu bügeln – abermals tragen, als wäre nichts gewesen. Ich habe einige dieser damals revolutionären Kleidungsstücke (es gab auch Mäntel und anderes mehr) besessen. Sie alterten eigentlich nie. Und doch wurde mir das Schweißgefühl immer lästiger, so dass ich bald wieder Baumwollhemden anzog.

In der Redaktion (ich sage nicht, welche) gab es einen älteren, auf Sparsamkeit bedachten Kollegen, der von den Nyltest-Hemden derart überzeugt war, dass er sie noch trug, als sie längst außer Mode waren. Ich erinnere mich an den deutlichen Schweißgeruch, der in seiner Nähe entstand. Ich mochte den Mann, und doch fand ich den Geruch, den er ausströmte, befremdlich – und zugleich vertraut. Er erinnerte mich an den meines Vaters, als wir zusammen einen Drachen bauten. Das war lange vor der Nyltest-Zeit, und mein Vater hätte solche Hemden sicherlich nicht getragen. Er trug meistens Glencheck- oder Cord-Anzüge, dazu weiße Hemden mit Krawatte. Sein Schweißgeruch beim Basteln im Keller war der eines normalen Mannes, also nicht sehr auffällig. Dass er mir dennoch auffiel, hatte damit zu tun, dass ich, der ich noch ein Knabe war, aber schon auf dem Weg in die Pubertät, meinen Vater zum ersten Mal als Mann wahrnahm. Das muss mich irgendwie befremdet haben, und danach begann allmählich unsere Entzweiung (die allerdings noch andere, tiefere Gründe hatte).

Als ich selbst ein Mann wurde, erschien mir der eigene Schweißgeruch oft als Makel. Ich fühlte mich unrein, ich mochte mich nicht, wenn ich so roch, und ich benutzte Parfüms und Deodorants, die aber das Problem nur verschlimmerten. Später kam ich darauf, dass es sehr unterschiedliche Arten des Schweißes gibt: den Arbeitsschweiß, der bei körperlicher Anstrengung entsteht, etwa beim Sport, und der einen starken, sozusagen ehrlichen Geruch hat; den Saunaschweiß, der nahezu geruchlos ist und der dem Sommerschweiß an heißen Stränden ähnelt; und den Angstschweiß, der bei Stress entsteht und ekelhaft riecht. Diesen kannte ich aus Prüfungssituationen, und er begegnete mir wieder, als ich Ressortleiter wurde. Auch wenn ich das Gefühl hatte, die oftmals heiklen Spiele der Intrigen halbwegs zu beherrschen, zeigten mir meine durchnässten Achseln, wie sehr ich mich gefürchtet hatte. Als ich erfahrener wurde, hatte ich damit immer weniger Probleme, und nun, da ich älter bin, ist mir der Angstschweiß früherer Tage nur mehr eine Erinnerung. Zugleich ahne ich, dass dieser Gewinn auch ein Verlust ist, ein Verlust an Virilität.

Es liegt auf der Hand, dass die Furcht, Schweiß zu zeigen und nach Schweiß zu riechen, sich kulturellen Prägungen verdankt. Die endlosen Regale in Drogeriemärkten, die alle Spuren des Animalischen zu tilgen versprechen, sind ein Zeichen für die Dressur, der sich der karrierebewusste Mann in unseren Breiten unterwirft. Dass dies in anderen

Kulturen keineswegs gilt, kann jeder Geruchsempfindliche spüren, der mit einem fremdländischen Taxifahrer unterwegs ist.

Es mag sein, dass dieses körperverneinende Tüchtigkeitsideal ein Erbe der puritanischen Kultur ist. Der Gedanke kam mir, als ich kürzlich Hitchcocks Film *Der unsichtbare Dritte* (1959) abermals sah. Mir fiel auf, dass Cary Grant, der die unglaublichsten Angstsituationen durchsteht – etwa den Angriff dieses Flugzeugs in der wüstenähnlichen Ebene im Mittelwesten oder die wahnsinnige Flucht vor seinen Verfolgern am Mount Rushmore –, zwar hie und da leicht mitgenommen wirkt, etwa durch eine verrutschte Krawatte oder einen derangierten Anzug, dass er jedoch niemals verschwitzt oder gar schweißfleckig aussieht. Ganz zu schweigen von seiner hübschen Mitspielerin Eva Marie Saint, die ihr Kostüm und ihre makellose Strumpfhose über alle Kletterpartien hinweg unversehrt rettet. Dass sie unter Schweiß litte, ist unvorstellbar, und auch Cary Grant scheint keinesfalls die richtige Adresse für die Werbung des nächsten Drogeriemarktes. Er schwitzt einfach nicht.

Sekretariat

Als es noch keine Computer gab, als die Kommunikationswege nur über die alte Briefpost, über die nicht immer zuverlässigen Telefonleitungen verliefen, saß die Sekretärin, die es heute in dieser Weise nicht mehr gibt, an einer maßgeblichen Position. Der Redakteursvertrag, den ich als junger Mann (ich war 25) bei der *FAZ* erhalten hatte, überzeugte die zuständige Sekretärin keineswegs, und lange weigerte sie sich, die notwendigen Briefe für mich zu schreiben, ganz abgesehen von anderen Diensten, ob Reisebuchungen oder Buchbestellungen, die anerkannten Kollegen selbstverständlich zuteil wurden. Sekretärinnen leisteten seinerzeit untergeordnete Basisdienste, und sie besaßen eben deshalb eine gewisse Macht. Hegels Dialektik von Herr und Knecht wurde mir so auf konkrete Weise anschaulich. Als ich es endlich geschafft hatte, in den Zuständigkeitsbereich des Sekretariats vorgedrungen zu sein, war ich auch nach innen ein anerkannter Redakteur, und das bedeutete für mich einen größeren Erfolg als mancher beifällig aufgenommene Artikel.

In der *ZEIT* wurde ich 1986 Nachfolger von Fritz J. Raddatz. Seine geradezu perfekte Sekretärin war nicht bereit, dem jungen Spund ihre Dienste zu leisten, was ich dringend gehofft hatte. Die Stelle wurde ausgeschrieben. So kam auf mich die Aufgabe zu, die Bewerberinnen zu mustern. Ich fühlte mich damit überfordert, und als eine offenbar tüchtige Kandidatin vor mir saß, lehnte ich sie deshalb ab, weil sie ausnehmend hübsch und jung war. Am Ende entschied ich mich für eine ältere Kollegin des Hauses, die in ihrer Abteilung nicht glücklich war und gerne wechseln wollte. Was ich aus Feigheit oder Bequemlichkeit heraus entschieden hatte, erwies sich sehr bald als Fehler. Die Sekretärin war nicht allein häufig krank, sondern auch unfähig in Details. Einen Brief, den ich diktiert und der in einer internen Krise Bedeutung erlangt hatte, konnte sie nicht finden, er war einfach verschwunden. Heute erscheint mir das als Zeichen eigener Schwäche.

Längst ist es üblich, dass Redakteure die Zuschriften und Anfragen, die in der Regel elektronisch eintreffen, selbst beantworten. Das alte Diktat, das die Sekretärin entweder stenografierte oder vom Band abschrieb, ist Geschichte. Ich bedauere das nicht, denn ich habe lange gebraucht, die Kunst des Diktierens zu erlernen. Am Ende beherrschte ich sie insofern, als ich mir, wenn die Produktion am Dienstagnachmittag abgeschlossen war, den Stapel der zu beantwortenden Briefe zurechtlegte und die Sekretärin zum Stenogramm hereinbat. War das Diktat abgeschlossen, so begann der Feierabend. Er endete am Mittwochnachmittag, wenn die neue Ausgabe erschienen war und gelesen werden wollte.

In diesen Jahren (es war Sommer und seit Tagen sehr heiß) trat einmal die nicht mehr ganz junge Aushilfssekretärin ins Zimmer, um mein Diktat entgegenzunehmen. Sie trug ein sehr kurzes, sehr enges Kleid, und sie wirkte, als wäre sie eben aus einer Strandkabine gekommen. Sie nahm mir gegenüber Platz, nahm den Stenoblock auf ihre nackten Schenkel, und es fiel mir schwer, mich auf das Diktat zu konzentrieren. Ich fragte mich, ob sie unter dem Kleidchen nackt wäre, es sah nämlich ganz danach aus, und ob sie mir mit diesem Auftritt etwas bedeuten wollte, zumal es ein früher Abend war und das Haus fast leer. Die Frage wurde nie beantwortet.

Ski

Dass es in Hamburg Skiferien gibt, ist nicht erstaunlich, weil die Norddeutschen, als hätten sie ab und an genug von Deich und Watt, liebend gerne in die Berge reisen. Wohingegen die deutsche Kriegsmarine nicht wenige ihrer Rekruten aus bayrischen Regionen bezogen haben soll. Gleichviel: Anfang, Mitte März brechen die Hamburger (um ehrlich zu sein: diejenigen, die es bezahlen können) in die Berge auf. Das taten auch wir, als die Töchter imstande schienen, das Skilaufen zu erlernen. Was insofern nahelag, als die Hamburger Gelehrtenschule des Johanneums (so der korrekte Name), auf der sie Latein und Griechisch lernen sollten, eine Hütte in den Alpen besaß und noch besitzt – wohlgemerkt ohne Strom und fließendes Wasser, was pubertierende Mädchen dem elenden Zwang aussetzt, eine Woche lang ohne Haarföhn und Dusche auszukommen. Dies wäre, wenn Thomas Mann es in seinem *Zauberberg* nicht hinreichend gezeigt hätte, ein weiterer Beweis für die alpine Vernarrtheit der Küstenbewohner.

Dass wir ausgerechnet nach Sils Maria fuhren, ausgerechnet ins grandiose und grandios teure Waldhaus, das wir uns eigentlich nicht leisten konnten, lag darin begründet, dass das Kind von einer schweren Lungenentzündung zwar genesen, aber blass und schwach geworden war. Mutter und Tochter bedurften dringend der Erholung. Jene nun hatte einige Jahre damit verbracht, über Nietzsche zu promovieren. Zwar war das eine Weile her, aber ihr Wunsch, den Ort kennenzulernen, wo Nietzsche die Sommermonate verbracht und seinen *Zarathustra* geschrieben hatte, war nie in Erfüllung gegangen.

Jedenfalls kamen die beiden gebräunt und begeistert zurück, was dazu führte, dass die Familie einige Jahre später, nunmehr zu viert, erneut das Waldhaus aufsuchte. Die Töchter lernten Skifahren, die jüngere erntete sogar eine Silbermedaille im Kinderkurs, und der Vater freute sich darüber, dass er seine früheren Fertigkeiten keineswegs verloren hatte. Er fuhr sogar mehrfach zum 3400 Meter hohen Corvatsch hinauf, und begeistert wedelte er halbwegs elegant die zuweilen extreme Piste hinab. Er erinnerte sich daran, wie er einstmals mit studentischen Freunden nach Moritz-Bad gefahren war, in ein früheres Prachthotel, einen wahren Zauberberg-Palast, der heruntergekommen war und billig vermietet wurde. Es gab dort einen maurischen Saal, der nunmehr als Disko diente. Abends, nachdem wir unsere Corvatsch-Rekorde aufgestellt hatten, tranken und tanzten wir in dieser überreich verzierten Moschee, unter deren Kuppel sich die Tanzfläche befand. In ihrer Mitte stand ein Eimer, in den es von der Decke herabtropfte. Wenig später wurde der Bau abgerissen.

Mein Religionslehrer am Gymnasium, ein Priester, ein hochgebildeter, streitbarer Theologe, der uns in Ingmar Bergmans *Schweigen* schickte, damit wir über den abwesenden Gott diskutierten, war zugleich ein begeisterter Skifahrer, der alljährlich in den Weihnachtsferien Skikurse im Allgäu organisierte. Ich erinnere mich an die nass und weich gewordenen Lederstiefel, die festzuschnüren so viel Kraft erforderte, dass die Finger nach und nach wund wurden; an die langwierigen, kräftezehrenden Übungen zum Erlernen des korrekten Parallelschwungs; an die erste Zigarette (es war Ernte 23), die ich mit den Kameraden abends draußen im Schnee rauchte; an den bösartigen Stroh-Rum, den wir auf den Zimmern tranken. Und daran, dass ich einmal – da war ich schon ein bisschen geübter – einen vereisten Hang hinabfuhr, mit meinen Holzskiern auf einen steilen Buckel stieß, und dass die Spitze eines Skis schlankweg abbrach und davonflog. Ich hatte eine der stabilen Kandahar-Bindungen (Sicherheitsbindungen kamen erst später auf) und konnte von Glück sagen, dass ich mich nicht verletzte. Das Unglück bestand allerdings darin, dass ich die lange Piste zu Fuß hinabsteigen musste.

Ein ähnliches Missgeschick ereilte mich Jahrzehnte später, bei meiner vielleicht letzten Abfahrt. Wir – meine Frau und ich sowie die beiden schon groß gewordenen Töchter – waren mit Freunden und ihren Kindern in Alpbach verabredet, waren eben von der Beerdigung meiner Mutter gekommen, und mein Gemütszustand war trübe. In Alpbach jedoch herrschte Frühlingswetter, die Sonne strahlte heiß vom Himmel, und der Schnee auf den Pisten war klatschnass. Ich war längere Zeit nicht gefahren, und bei der Abfahrt hatte ich das Gefühl, tonnenschwere Massen beiseiteschieben zu müssen. Das ging leichter bei hohem Tempo. Ich legte zu und schoss steil hinab, bis ich verkantete und stürzte. Ich hatte mir kaum wehgetan, doch als ich meine Glieder, die Stöcke und Skier eingesammelt hatte, bemerkte ich, dass die reichlich alte Latzhose der Länge nach an der Naht aufgerissen war. Die letzte Strecke halb entblößt hinabzufahren, den Bus zu besteigen und dann den Weg zur Pension zurückzulegen – das empfand ich als ebenso peinlich wie erbärmlich. Seitdem bin ich nicht mehr Ski gefahren.

Es war ein juveniler Überbietungswettbewerb, als meine Kameraden und ich eine Weile lang schwarze Pisten sammelten. Als Höhepunkte habe ich die Pordoischarte und die Langkofelscharte der Dolomiten in Erinnerung (beide Pisten wurden meines Wissens wegen zu hohen Risikos geschlossen), vor allem aber die Marmolada. Damals gab es dort noch keine Seilbahn, was bedeutete, dass man die mehr als tausend Höhenmeter zu Fuß zurücklegen musste. Je höher man kam – am Ende auf etwa 3200 Meter –, desto schwerer ging der Atem, desto unangenehmer drückten die geschulterten Ski, desto heißer brannte die Sonne auf die riesige von Eis und Schnee bedeckte Flanke des Berges hinab.

Ein launischer, ein genialer Gott hatte das bizarre Massiv entworfen, dessen Südseite schroff abstürzte und dessen Nordseite wie eine umgekippte Tischplatte wirkte. Immer mehr hatte ich das Gefühl, keine Luft mehr zu bekommen, kurz vorm Ersticken zu sein. Als ich tödlich erschöpft (das ist eine Übertreibung des autosuggestiven Nacherzählens) oben angelangt war, genoss ich den grandiosen Blick über den Felsabsturz hinweg. Die Abfahrt danach allerdings, auf die ich mich schon gefreut hatte, war ebenfalls eine Plage, wenngleich eine geringere. Der unvorhersehbare Wechsel von Harsch und Tiefschnee, von Eis und Pressschnee überforderte meine bescheidenen Fähigkeiten. Und doch war ich am Ende glücklich und stolz, dieses Abenteuer bestanden zu haben.

Andere Abenteuer – Entgleisungen mit dem Schlepplift, gefährliche Stürze, Nebel und Schneestürme – kommen mir in den Sinn, doch waren die Skiferien, da sie in der früheren Zeit immer mit Gleichaltrigen und also auch mit Mädchen stattfanden, oftmals auch von erotischen Verheißungen überwölbt. Und einmal – es war im Dachsteingebirge, wir waren eine international gemischte Gruppe von Studenten und wohnten in einem halbfertigen Haus, dessen Eigentümer in die zukünftigen Zimmer drei Doppelbetten hatte provisorisch einbauen lassen, so dass wir abends dicht an dicht lagerten, redeten, sangen und Gitarre spielten – einmal ergab es sich, dass ich mit einer hübschen blonden Studentin aus Ann Arbor plauderte, dass wir Kopf an Kopf einander näher kamen. Alle hatten wir ordentlich getrunken und geraucht, und als es spät geworden war, entschloss sich eine Gruppe, vorm Schlafengehen einen letzten Blick in die Nacht zu werfen.

Wir zogen die Stiefel, die Anoraks an und gingen vor die Tür. Draußen herrschte blanker Frost, der Himmel war klar, und von weit oben leuchtete ein halber Mond herab. Wir stapften auf dem Grat voran, während unten in der Ferne schwache Lichter erkennbar waren. Das Mädchen aus Ann Arbor und ich, wir fassten uns bei den Händen, wir blickten hinab in die Landschaft, hinauf in den Kosmos, wir umarmten einander. Es fröstelte uns, und wir spürten eine schöne, eine erregende Wärme und Nähe. Und dann küssten wir einander, sehr lange und sehr intensiv. Es war mein erster Kuss, es war im Schnee, und der Mond schien.

Ich war zutiefst berührt, ich glaubte mich verliebt. Nein, ich glaubte, das wäre die große Liebe. Linda jedoch war viel erfahrener als ich, sie wusste, wie man küsst. Und sie wusste, dass dieser nächtliche Kuss im Dachsteingebirge lediglich ein flüchtiger Augenblick des Glücks gewesen war. Wir schrieben einander Briefe. Es waren nicht sehr viele. Den letzten, der aus Ann Arbor kam, hatte sie mit ihrem Parfüm getränkt. Oftmals habe ich daran gerochen. Jedes Mal wurde der Duft schwächer, bis er endgültig erloschen war.

Strand

Der Blick aufs Meer – warum lieben wir ihn? Die Küstenbewohner pflegen sich vorm Meer zu hüten, sie bauen ihre Häuser in sicherer Entfernung. Nur die Stadtbewohner (das bin ich immer gewesen) wollen an den Strand. Sie suchen den Fluss, den See, das Meer, sie suchen das stoische Gleichmaß des Wassers, seine unerschöpfliche Wiederkehr – mag sein, weil sie ihre vom Gedränge der Bilder erschöpften Augen ausruhen wollen.

Am liebsten sind wir immer nach Dänemark gefahren, in eines der hübschen, praktischen, bedeutungslosen Holzhäuser an der Nordsee, und wir betrachteten es als besonderes Glück, wenn es uns gelungen war, ein Haus mit Meeresblick zu ergattern. Die Strände dort haben gewaltige Dimensionen, stundenlang kann man an ihnen entlangwandern, ohne allzu vielen Menschen zu begegnen. Die kaum wechselnde Formation der Dünen, das Geschiebe der hoch aufgetürmten Wolken, die endlose Fläche der See, das Anbranden der Wellen und ihr Zurücklaufen haben etwas ungemein Beruhigendes. Wenn im Sommer die Sonne hervorbricht und der kaum jemals nachlassende Wind nach Süden oder Osten dreht, herrscht sogar eine Art Strandleben. Es besteht aus weit voneinander entfernten Lagern von Paaren, Gruppen, Familien, die Burgen bauen, Drachen steigen lassen und sogar, wenn Temperatur und Wellengang es erlauben, baden und schwimmen.

Als unsere Kinder klein waren, sind wir oft in Dänemark gewesen. Sie wurden nicht müde, Muscheln zu sammeln oder Gräben, Löcher in den Sand zu buddeln und zu beobachten, wie das auflaufende Wasser sie langsam füllte und schließlich auswusch. Schön war es, mit den Füßen am Wellensaum zu stehen und zu spüren, wie jede neue Welle den Sand unter der Sohle aushöhlte, bis man langsam ein bisschen tiefersackte. Die Strände im Süden hingegen betrachtete meine Frau als eine Gefahr für unsere nordisch-weißhäutigen Mädchen, und sie ließ nicht nach, sie einzucremen, sie mit allerlei Kopfbedeckungen, mit Hauben und Kappen, die oft verlorengingen, zu versorgen und zu schützen.

Obwohl selber weißhäutig, kannte ich diese Sorge in jüngeren Jahren nicht. Immer noch und immer mehr, anders als zur Zeit meiner Großeltern, war es Mode, sich an der Sonne zu bräunen, und sobald der Sommer kam, ging ich mit meinen Freunden ins Freibad oder an die Kiesgrube, um die winterliche Blässe loszuwerden. Dass man anfangs einen Sonnenbrand kriegte, gehörte zum sommerlichen Ritual, und die üblichen Schutzmittel taugten fast nichts. Beliebt waren zum Beispiel Öle, die eine sorglose Bräunung versprachen (das »Tiroler Nussöl« ist mir in Erinnerung), tatsächlich jedoch die Gefahr des Sonnenbrandes nur verstärkten. Man nahm das hin, es galt als schick, und von Hautkrebs war noch nicht die Rede.

Natürlich war es nicht allein der Bräunungswunsch, der mich an die Strände zog, sondern auch die Tatsache, dass dort die hübschen Mädchen lagen. An wilden Stränden, etwa an Baggerseen, wo das Baden eigentlich nicht erlaubt war, wurde es allmählich üblich, sich nackt zu sonnen. Es kam sogar gelegentlich in Freibädern vor, doch die meisten

Bademeister sahen keinen Grund, es zu verhindern. An irgendwelche Abenteuer, die sich aus dieser neuen Freizügigkeit ergeben hätten, kann ich mich nicht erinnern, wohl aber daran, dass ich einmal am Strand eines Baggersees lag (ob mit oder ohne Badehose, ist mir entfallen) und Oswald Wieners Roman *Die Verbesserung von Mitteleuropa* las.

Das war genau 1969, als das heiß diskutierte Buch erschienen war, und ich empfand den dringenden Wunsch, am literarischen Leben teilzunehmen, die literarische Avantgarde, an deren Spitze der Wiener Sprachtheoretiker und Schriftsteller Oswald Wiener zweifellos stand, kennenzulernen. Ich weiß noch, wie ich in der heißen Sonne lag und das mir vollkommen unverständliche Buch zu lesen versuchte. Gerade die Tatsache, dass ich es nicht verstand, faszinierte mich. Der Schweiß sammelte sich auf meinem schon leicht geröteten Rücken, und während ich mit seitlichen Blicken die weiblichen Körper studierte, studierte ich zugleich diesen rätselhaften Roman, der mit einem Register begann und dessen Seiten römisch paginiert waren, und auf unklare Weise hatte ich das Gefühl, mitten im Leben zu sein.

Von Stränden wäre manches zu erzählen. Etwa von jenem Strand an der kretischen Südküste, wo ich unter dem filigranen Schatten einer Tamariske lag, Doderers *Dämonen* las und meine Position mit der wandernden Sonne veränderte, so dass ich im Lauf des Tages fast um den schmalen Stamm herumgewandert war. Dabei fällt mir auf, dass ich oft eine kontrafaktische Lektüre gepflegt habe, in der Hitze etwa Hamsun las und in der Kälte Kipling.

Auch wäre von Crane Beach zu erzählen, jenem gewaltigen Strand etwa eine Autostunde nördlich von Boston, wohin wir drei Harvard-Fellows am Wochenende gefahren waren, zwei junge Männer und diese junge Frau, in die ich mich dann verliebte, was ich dort nur ahnte, dort am Strand, als ich hinter ihr herging und ihre Gestalt sah. Nein, wir lagen nicht im weißen Sand, wir gingen nicht ins blaue Meer. Zwar brannte die Sonne heiß, doch der Atlantik, den wir mit nackten Füßen probierten, war zum Fürchten kalt.

Später, als wir einander nahegekommen waren, reisten wir in den Süden, kamen nach South Carolina und machten nach langer Fahrt Station in Myrtle Beach. Es war sehr heiß, sehr schwül, der Himmel grau, und wir wanderten matt am Strand entlang, badeten ein bisschen und gingen früh schlafen. Am nächsten Morgen spürten wir beide einen Sonnenbrand. Wir hatten nicht daran gedacht, uns einzucremen, weil die Sonne nicht zu sehen war. Als wir beim Frühstück saßen, wurde der graue Himmel noch grauer, er wurde dunkel, und einige Gäste deuteten aufgeregt auf die See hinaus. Da sahen auch wir die Windhose, die ein gutes Stück vom Strand entfernt übers Meer wanderte, eine unheimliche, schwarz rotierende Säule, die das Wasser in sich hochzog wie ein gewaltiger Sauger. Es war ein Hurrikan, der keinen größeren Schaden anrichtete.

Wir kamen weiter in den Süden, kamen bis nach Savannah in Georgia, fuhren durch die Stadt hindurch und gelangten nach Tybee Beach. In unserem klimatisierten Leihwagen war uns der Anstieg der Temperatur nicht aufgefallen, doch als wir an der Strandstraße einen Parkplatz gefunden hatten, als wir die Türen öffneten und ausstiegen, traf uns der Schlag. Es war, als wären wir von der gemäßigten Zone in die des Dschungels plötzlich hineingeschleudert worden. Es war ein atemberaubender Sturz, und wir standen ohnmächtig neben unserer metallicfarbenen Limousine, spürten, wie die schwere und feuchte Luft, als wären wir in einem Dampfbad, unsere Leiber sofort belagerte und den Schweiß aus ihnen heraustrieb. Betäubt gingen wir hinunter zum flachen Sandstrand. Wieder schien der Himmel lichtlos. Die Sonne stand unsichtbar hinter einem dichten Schleier, und alles war weiß überblendet. Die Farben wirkten wie ausgewaschen. Und als wir am Strand angekommen waren, sahen wir dort zahllose Menschen liegen, im seichten Wasser stehen oder schwimmen, und alle waren sie schwarz. Das Bild wirkte irreal, es wirkte wie die Projektion eines Filmnegativs. Strand und Meer und Himmel waren weiß, die Menschen hingegen – abgesehen von uns beiden – schwarz. Wir starrten auf die Szene und begriffen sie erst allmählich. Wir fühlten uns fremd und verloren.

Telefon

Als unsere ältere Tochter in das Party-Alter hineinwuchs, waren Mobiltelefone schon üblich geworden, so dass die Verabredung, an welchem Ort, zu welchem Zeitpunkt und in welcher Kohorte man zusammenträfe, ständiger Revision unterlag. Bis kurz vorm Aufbruch, der von den Eltern mit Ermahnungen versorgt wurde, stand überhaupt nicht fest, wer mit wem wohin zu gehen beabsichtigte. Ständig musste die Nachrichtenlage überprüft werden, und oftmals ergab es sich erst im Laufe des Abends, im Laufe der Nacht, welche Lokalität die richtige, die angesagte war.

Als ich dies sorgenvoll erlebte, ohne daran etwas ändern, ohne die nicht seltenen Dramen abwenden zu können, dachte ich daran, dass ich im ähnlichen Alter andere Probleme hatte. Und es kam mir so vor, als hätte der technische Fortschritt, in dessen Genuss meine Töchter kamen, neue und größere Probleme verursacht. Dass etwas feststand, stand für sie allenfalls im letzten Augenblick fest, und der schob sich dank der neuen Technik ständig hinaus. Das kannte ich ganz und gar nicht. Meine Eltern hatten erst spät ein Telefon, eines jener damals noch üblichen schwarzen Geräte mit Wählscheibe. Wir Kinder wurden dazu angehalten, dieses Novum nur im Notfall zu benutzen. Es war zuallererst das Instrument des Vaters. Wehe, wenn er einen Anruf erwartete, wehe, wenn ich oder eine meiner Schwestern den potenziellen Anruf durch eigenmächtige Gespräche blockierten!

Wir waren darauf angewiesen, Verabredungen mündlich festzulegen. Und das hieß: sehr früh und im persönlichen Kontakt. Korrekturen, Umbuchungen waren aufwendig, unmöglich oder von Sanktionen bedroht. Der schwierige Zugang zur Telekommunikation (von E-Mail oder SMS ganz zu schweigen) förderte die klassische Korrespondenz. Den Karton alter, mir immer noch bedeutungsvoller Briefe, die von verjährten Beziehungen zeugen, möchte ich nicht missen.

Eines dieser Briefbündel, umspannt von brüchig gewordenen Gummis, enthält die Korrespondenz mit einer österreichischen Lehrerin, die ich auf einer Literaturtagung in Rauris kennengelernt hatte. Wir verbrachten einen Abend und eine lange Nacht, redeten über die Schönheit der Berge und die Schönheit der Literatur, über unsere Sehnsüchte und Ideale, unsere Zweifel und Verzweiflungen, hörten Musik, tranken Wein, waren aber nicht so sehr vom Wein berauscht als von den seelischen Entladungen, die wir beide uns immer ungehemmter gestatteten. Wir waren verliebt, suchten einander und fanden uns nicht. Es war schön und zugleich vergeblich, wir umarmten uns, ich küsste sie, doch am Ende ging ich in mein Hotel und reiste am frühen Morgen ab.

Wir haben einander viele, oft seitenlange Briefe geschrieben, Briefe, die mich in jenem Jahr der Krise beschäftigt und gestützt haben. Im folgenden Sommer wollte ich sie besuchen, doch hatte sie zunächst keine Zeit. So reiste ich zuerst nach Venedig, wanderte allein und verlassen durch die Stadt, um überall nur Paare zu sehen, die in den Restaurants, auf den Plätzen und Promenaden sich küssten oder umarmten. Dringend musste ich sie anrufen, um ein Treffen zu verabreden. Sie hatte kein eigenes Telefon, war nur über den Apparat der Vermieterin zu erreichen. So stand ich am Postamt in Venedig, wo viele auf eine freie Kabine warteten, und hörte, als ich endlich zu einer Telefonzelle durchgedrungen war, nur einen leeren Ton. Besessen von der Idee, sie erreichen zu müssen, harrte ich aus, unternahm zahllose Versuche ohne Erfolg. Am Ende fuhr ich nach Rauris, erzwang nahezu eine Begegnung, die jedoch, was ich schon geahnt hatte, ratlos und glücklos endete. Es war, als hätten sich zwei Sterne aufeinander zubewegt und dann, als sich ihre Bahn gekreuzt hatte, endgültig voneinander entfernt.

Damals habe ich den Fluch des Telefons kennengelernt. Ich mag mir nicht ausmalen, wie unsere Affäre verlaufen wäre, hätten wir Handys gehabt. Oder es hätte überhaupt noch kein Telefon gegeben. Vermutlich hätte beides an diesem Ende nichts geändert. Doch das verzweifelte Warten auf eine freie Telefonzelle im Postamt von Venedig – es lag unweit der Rialto-Brücke, deren Schönheit mir ebenso verborgen blieb wie die der Stadt insgesamt, die mir verkommen schien, überschwemmt von schwachsinnig Verliebten – werde ich nicht vergessen. Ich habe damals wahrhaft Trübsal geblasen, meine Augen waren gewissermaßen verschlossen. Doch hatte ich das Glück, die Stadt noch mehrere Male erneut sehen zu dürfen. Umso schöner ist sie mir dann erschienen.

Tonbandgerät

Meine Tochter hatte eine Freundin, die gemeinsam mit ihrer Schwester schon früh daranging, Musik zu machen. Zusammen mit anderen Freunden gründeten sie eine Pop-Gruppe, die mittlerweile einen gewissen Ruhm erlangt hat. Die jungen Leute haben ihre Formation *Tonbandgerät* genannt, und ich kann mir das nur so erklären, dass sie einen möglichst absurden und also einprägsamen Titel suchten, ähnlich wie *Die Toten Hosen* oder die *Einstürzenden Neubauten.*

Als ich darauf aufmerksam wurde, dachte ich daran, dass mir das Tonbandgerät einst als der Gipfel des technisch Wünschenswerten erschienen war. In der katholischen Jugendgruppe, der ich damals angehörte, gab es ein solches Gerät, und wir bemühten uns darum, Hörspiele aufzuschreiben und aufzunehmen. Einerseits hatten wir gewisse literarische Ideen, die vom absurden Theater, etwa von Beckett oder Ionesco, inspiriert waren, andererseits und hauptsächlich ging es uns darum, die Technik zu erlernen. Wir übten es, Sprechproben aufzunehmen und zu verfremden, sei es durch Echo- oder Hall-Effekte. Wir haben manche dieser Inszenierungen auf Band aufgenommen, doch ich erinnere mich nicht mehr an die Details.

Ich war von dieser technischen Verheißung so fasziniert, dass ich alles daransetzte, ein eigenes Tonbandgerät zu erwerben. Ich arbeitete als miserabel bezahlter Friedhofsgärtner, schließlich als Fahrer in einem Discount-Laden, bis ich endlich rund 600 Mark zusammengespart hatte. Dafür bekam ich zwar nicht das bessere Uher-Gerät, den Höhepunkt der damaligen Tonbandtechnik, doch immerhin einen mächtigen Koffer von Grundig, der drei Geschwindigkeiten, Stereo-Effekte und manch andere Möglichkeiten bot. Damit machte ich viele Versuche, nahm auch einige meiner Gitarren-Stücke auf, um sie für die Nachwelt festzuhalten, bis ich nach einer Weile der Sache überdrüssig wurde. Unterdessen waren längst neue Geräte angeboten worden – das Kassettengerät und damit der Walkman, später der Discman –, so dass mein mühsam erworbenes Tonbandgerät langsam in Vergessenheit geriet.

Als ich vor einiger Zeit die alten Bänder im Schrank entdeckte und als ich den Grundig-Koffer hervorholte, um mir meine frühen Gitarrenkünste noch einmal anzuhören, zeigte es sich, dass mein Tonbandgerät die Kellerjahre nicht überstanden hatte. Es blieb stumm. Ich brachte in Erfahrung, dass es extrem teuer, geradezu sinnlos wäre, einen Mechaniker damit zu beauftragen, die längst veraltete Technik wieder in Gang zu setzen. Und ich dachte daran, wie viele technischen Geräte, die mir einst wichtig gewesen waren, im Orkus des Veraltens verschwunden waren, vor allem meine Super-8-Filmkamera samt Projektor und Zubehör, nicht zu vergessen die Blitzlichtgeräte für den Fotoapparat, den Diaprojektor und die Leinwand. Sogar die digitale Filmkamera, die ich einst für gutes Geld gekauft hatte, um die Höhepunkte der jungen Familie zu dokumentieren, war längst veraltet.

Der Prozess technischer Innovation, der meinen Alltag längst ergriffen hat und immer mehr ergreift, lässt es nicht zu, dass man mit einem Gerät allmählich vertraut werde, sich an seinen Möglichkeiten übe, so wie man es einst gelernt hat, die Schere zu entdecken, sie zur Papierschere, Nagelschere, Rosenschere oder Baumschere zu entwickeln. Nein, die vergangene (elektronische) Technik ist immer die jeweils vollkommen überholte und niemals mehr brauchbare. Ich sehe, dass die Jüngeren damit selbstverständlich umgehen. Für sie ist es der von früh an eingeübte Modus ständiger Anpassung. Das wurde mir klar, als mir *Tonbandgerät*, der Name dieser Band, entgegentrat. Er muss den Jugendlichen als witzig erschienen sein. Mir hat er klargemacht, wie lange ich schon lebe und wie viel ich schon erlebt habe.

Tränen

Wenn ich weine, schäme ich mich. Vermutlich geht das den meisten Männern noch immer so. Es widerspräche ihrem Selbstbild, was natürlich eine kulturelle Konvention ist. Das fiel mir auf, als ich die legendären Texte der Sturm-und-Drang-Zeit und der Frühromantik abermals las, etwa Schillers *Lied von der Glocke*, wo im Zeitraffer die Heranbildung der idealen Affekte geschildert wird:

> Vom Mädchen reißt sich stolz der Knabe,
> Er stürmt ins Leben wild hinaus,
> Durchmißt die Welt am Wanderstabe.
> Fremd kehrt er heim ins Vaterhaus,
> Und herrlich, in der Jugend Prangen,
> Wie ein Gebild aus Himmels Höhn,
> Mit züchtigen, verschämten Wangen
> Sieht er die Jungfrau vor sich stehn.
> Da faßt ein namenloses Sehnen
> Des Jünglings Herz, er irrt allein,
> Aus seinen Augen brechen Tränen,
> Er flieht der Brüder wilden Reihn.

Das Mädchen hat erwartungsgemäß »verschämte Wangen«. Nun aber der Jüngling: er weint ja nicht nur, sondern »aus seinen Augen brechen Tränen«, was dramatischer nicht gesagt werden kann. Dieses Ideal hat die Vätergeneration entschlossen durch ein Gegenideal ersetzt. Es lässt sich auf die Floskel reduzieren »Ein Junge weint nicht«. Ich weiß nicht mehr, ob ich diesen Satz wörtlich gehört habe, doch hat er mich geprägt. Im Grunde meines Herzens sind mir die starken Gefühle des Schillerschen Jünglings bis heute verständlich und vertraut, doch hüte ich mich, sie zu bekunden.

Ich nehme an, Schillers Jüngling hätte auch beim Tod seiner Eltern oder seiner Liebsten öffentlich Tränen vergossen. Ich jedoch wäre und war dazu nicht imstande. Als mein Vater starb, als Jahre später meine Mutter starb, habe ich am Grab nicht geweint. Es war eine Art Versteinerung, die mich befiel. Erst sehr viel später stieg plötzlich eine heftige Trauer in mir auf, die noch heute im unerwarteten Augenblick wiederkehrt – häufiger als ehedem.

Vielleicht wäre es gut, wie ein Jüngling weinen zu können. Das kam mir in den Sinn, als ich kürzlich einer Trauerfeier beiwohnte. Die hochbetagte Mutter einer guten Freundin war gestorben, und als wir uns im Niendorfer Barockkirchlein versammelten, als der Pastor seine Predigt hielt, sah ich die Schwester unserer Freundin, eine Dame etwa in meinem Alter, aus deren Augen tatsächlich die Tränen brachen, in ungehemmtem Strom. Das kam mir tröstlich vor.

Tränen kommen mir am leichtesten im Kino. Es sind nicht Tränen der Trauer, sondern Tränen einer plötzlichen, zustimmenden Ergriffenheit angesichts von Untergängen. Es gibt eine Szene in Godfrey Reggios Film *Koyaanisqatsi* (1982), wo man die Sprengung eines ganzen Stadtviertels sieht. Es geht um Pruitt-Igoe in St. Louis, ein Wohnungsbau-Projekt der sechziger Jahre, das rund 3000 Wohnungen umfasste und gründlich scheiterte, nicht zuletzt aus Gründen sozialer und rassischer Segregation. Das am Ende nur von Schwarzen bewohnte Viertel wurde Anfang der

Siebziger dem Erdboden gleichgemacht. Reggios Film, begleitet von der überaus suggestiven Musik von Philip Glass, zeigt die heruntergekommenen Blocks, die leeren Fensterhöhlen, die zugemauerten Eingänge, die zerstörten Straßenlaternen, die leeren, von wildem Grün überwucherten Straßen.

Und dann sah ich das dramatische Zusammensinken der Gebäude, die ungeheure Orgie der Zerstörung, die Staubwolken, die sich langsam und machtvoll über die Szene ausbreiteten, bis am Ende von dieser Stadt nur mehr Schutt übrig blieb, und es war, als sollte die Erschaffung der Welt rückgängig gemacht werden. Ich sah das, ich hörte die pathetisch stampfenden Block-Akkorde von Philip Glass, und ich brach in Tränen aus. Eine finstere Begeisterung hatte mich ergriffen, ich sah das Chaos, ich sah den Untergang, und ich war auf lustvolle Weise damit einverstanden.

Ich frage mich, was das bedeutet. Mich erfasst diese Lust nicht allein bei Untergängen, sondern beim Heroischen überhaupt. Und ich denke dabei an meine Lieblingsfilme, seien es Sergio Leones *Spiel mir das Lied vom Tod*, Michael Jacksons *Herr der Ringe* oder die Schwertkampfepen von Ang Lee und Zhang Jimou. Es muss eine knäbische, eine pubertäre Fantasie sein, und ich finde sie in Rilkes Gedicht *Der Knabe* gespiegelt, wo es am Anfang heißt: »Ich möchte einer werden so wie die, / die durch die Nacht mit wilden Pferden fahren, / mit Fackeln, die gleich aufgegangenen Haaren / in ihres Jagens großem Winde wehn.«

Es ist wohl so, dass sich dieser Knabe von Zeit zu Zeit in mir meldet. Dann erlebe ich auf meine Weise, dass das

Schöne nichts ist als des Schrecklichen Anfang (abermals Rilke). Das wäre eine freundliche Interpretation meiner begeisterten Tränen. Die weniger freundliche würde bedeuten, dass ich in solchen Augenblicken enthemmt bin, dass ich in den filmischen Katastrophen und Showdowns die Genugtuung für jene Niederlagen erlebe, die es in meinem Leben natürlich gegeben hat.

Am ehesten weine ich im Dunklen, also im Kino, wo niemand es sehen kann. Es kommt aber auch im Hellen vor, bei manchen Konzerten, und dann ist es mir peinlich. Am heftigsten traf es mich, als ich vor wenigen Jahren *Spem in alium* von Thomas Tallis in der Salzburger Peterskirche hörte. Der Meister einer geradezu unendlichen, hochdramatischen Vielstimmigkeit hatte sein Werk für acht Chöre geschrieben, und diese Chöre positionierten sich an acht Orten der vielgliedrigen Kirche. Ich kannte Tallis nicht. Und ich kann nicht beschreiben, was mit mir geschah. Als die Stimmen den hohen Raum erfüllten, war es mir, als lösten sich alle Fesseln, die mich ans Hier und Jetzt gebunden hatten, endgültig auf. Es war, als flöge ich davon – nicht aus eigenen Kräften, sondern mitgerissen, emporgehoben von einer wahrhaft himmlischen Musik. Ich hockte auf einer Treppenstufe des Seitenschiffs, weil die Kirche völlig überfüllt war. Ich barg meinen Kopf in den Händen, ich heulte Rotz und Wasser.

Ähnliches war mir vor Jahren anlässlich einer Aufführung der *Passio* von Arvo Pärt widerfahren, und ich hatte versucht, die Wirkung bestimmter Klänge genauer zu bestimmen, etwa die des berühmten Tritonus. Ich gelangte zu keinem befriedigenden Resultat, und ich glaube nicht, dass sich meine Reaktion von der musikalischen Struktur her logisch erklären ließe. Sie hat mit etwas anderem zu tun, und dabei fällt mir der seinerzeit namhafte Musikkritiker der *ZEIT* ein, Heinz-Josef Herbort, der sich mir eines Tages – er war schon älter und hatte gerade einen Infarkt überstanden – bei einer redaktionellen Festivität offenbarte und mir unaufgefordert gestand, dass er daran zweifle, seinen Beruf noch länger ausüben zu können. Immer häufiger widerfahre es ihm, dass er bei Aufführungen, die er kritisch zu beobachten und zu beurteilen habe, in Tränen ausbreche. Er wirkte ratlos, aber nicht bekümmert.

Vielleicht – und es mag sein, dass ich die Szene heute auf etwas übertriebene Weise verstehe – hatte er am Ende seines Lebens (er starb nicht lange danach) das Geheimnis der Musik erst wirklich ergründet. Und zwar auch deshalb, weil er alt geworden war. Und jetzt rede ich besser von mir selbst: Die Tränen, die ich bei Tallis oder Pärt vergieße, sind kindliche Tränen, es sind ganz andere als die in den erwähnten Filmen. Diese Tränen sind unschuldig. Sie sind ein Zeichen dafür, dass sich der Bogen eines Lebens am Ende seinem Anfang wieder zuneigt. Und Kinder weinen sehr oft, nicht allein aus Kummer oder Not, sondern auch, weil ihnen das Unbegreifliche erschütternd begegnet. Je älter ich werde, umso gleichgültiger werde ich in manchen Dingen, umso empfindlicher in anderen. Und dieses Empfindlicherwerden ist ein Kindlichwerden.

Wein

Eines der wenigen freundlichen Lieder von Franz-Josef Degenhardt, den ich einstmals geradezu liebte und noch heute schätze, denn er war kein großer Romancier, jedoch ein klassenkämpferischer Dichter, ein Komponist begnadeter Lieder, die er mit messerscharfer Intonation vortrug, begleitet von seiner virtuos beherrschten Konzertgitarre, eines dieser Lieder heißt *Ich möchte Weintrinker sein*, und die letzte Strophe lautet: »Ich möchte Weintrinker sein, / auf dem Nachhauseweg wie Kinder darauf achten, / dass man beim Bürgersteig nicht auf die Ritzen tritt, / und im Bett dran denken, wie die Mädchen lachten, / und im Schlaf noch lachen über meinen Schritt. / Ich möchte Weintrinker sein.« Der Sänger (oder Erzähler) verbindet diesen Wunsch mit der Vorstellung, das Weintrinken führe zu einem heiteren Rausch – im Gegensatz zum Schnapstrinken, das Kneipenhocker und Skatbrüder besoffen macht, aggressiv werden und Zoten erzählen lässt.

Ich bin Weintrinker, werde dabei selten aggressiv und mag Zoten überhaupt nicht. Nicht allein deshalb gefällt mir Degenhardts Lied, doch bin ich sicher, dass er nie in Graz gewesen ist, dass er an den Literatursymposien des Steirischen Herbst niemals teilgenommen hat. Ich war viele Male dabei, und ich habe dort nicht nur die Heroen der österreichischen Literatur kennengelernt, von Wolfgang Bauer bis zu Gerhard Roth, um nur diese beiden zu nennen, sondern auch das Weintrinken, das ich auch vorher schon geübt hatte, jedoch keineswegs derart exzessiv. Wäre Degenhardt dabei gewesen, so hätte er seinen Wunsch vielleicht etwas vorsichtiger formuliert. Das Ausmaß des Weintrinkens war immens und die Folgen gelegentlich kaum anders als beim Schnapstrinken. Man begann schon im Laufe des Tages mit dem »Sturm«, der in deutschen Gegenden »Federweißer« heißt und ein junger, noch moussierender Wein ist, ziemlich süß, aber schon mit einigen tückischen Prozenten. Später dann ging es mit dem Schilcher weiter, einem ruppigen Rosé, der bis zum Morgengrauen getrunken wurde. Bis dahin allerdings war ich nicht mehr dabei. Ich hatte mein Bett im Hotel Erzherzog Johann längst mehr oder weniger glücklich erklommen.

Es wäre höchst ungerecht, die seinerzeit berühmte Grazer Literatengruppe, zu der übrigens auch Alfred Kolleritsch und am Anfang Peter Handke zählten, auf das Weintrinken zu reduzieren, und doch hat der Alkohol, der Wein bei nicht wenigen eine ungute Rolle gespielt. Ich war nur jeweils eine knappe Woche dort und konnte mich in Frankfurt (damals war ich Berichterstatter der *FAZ*) von den alkoholischen Strapazen wieder erholen. Doch weiß ich von einigen Autoren, dass sie am Weintrinken (es werden auch Schnäpse dazugekommen sein) zugrunde gegangen sind, und insofern ist Degenhardts Lied bloß romantisch. Und doch gebe ich zu, dass das Weintrinken zu einer milden, kultivierten Form des Rausches führt, und ich bin ihr seit Jahren zugeneigt. Schädliche Folgen, vor denen die amtlich bestallten Ratgeber und die Gesundheitskassen (früher bekannt als Krankenkassen) unermüdlich warnen, habe ich bislang nicht bemerken können. Es gibt ja auch Expertisen, denen zufolge der regelmäßige Weingenuss gesund sein soll. Ich bin nicht gewillt, mein Leben von solch angeblich wissenschaftlichen Forschungsresultaten, positiven oder negativen, bestimmen zu lassen.

Ein önologisch interessierter oder gar versierter Weinfreund freilich bin ich keineswegs. Im Gegenteil: Weinkenner sind mir eher unangenehm. Ich erinnere mich daran, wie ich vor ewigen Jahren das Max-Ophüls-Filmfestival in Saarbrücken besuchte, um darüber zu berichten. Ich lernte dort Peter Buchka kennen, den langjährigen und 1998 verstorbenen Filmkritiker der *Süddeutschen Zeitung*. Es ergab sich, dass wir nach einem langen Filmtag zu dritt (den Namen des Dritten habe ich vergessen) in ein gutes Restaurant gingen, eine Kleinigkeit verzehrten und dazu Rotwein tranken. Die Wahl des Weins oblag dem Weinkenner Buchka, der dafür sorgte, dass die ganz besondere Flasche, die er ausgesucht hatte, rechtzeitig dekantiert wurde. Der Wein schmeckte sehr gut, allerdings schien mir das Gewese darum etwas übertrieben. Die Flasche war rasch geleert, und ich regte an, eine zweite zu bestellen. Buchka jedoch, der sich vorgenommen hatte, noch eine Spätvorstellung zu besuchen, rechnete mir vor, dass die Zeit für das Dekantieren zu lange dauern wurde. Da er sich weigerte, einen weniger komplizierten Wein zu trinken, schieden wir voneinander ziemlich nüchtern.

Ich dachte daran, dass ich als Junge von 16 oder 17 Jahren in einem Zeltlager der katholischen Jugendgruppe gewesen war, wo wir etwas Älteren häufig ins benachbarte Dorf (wir zelteten in den Vogesen) gewandert waren, um dort ein paar Gläser des billigen, rauen Landweins zu trinken, der in den grünlichen Pfandflaschen mit den drei Sternen abgefüllt war. Der Wein war wirklich nicht lecker, aber sauber und gewissermaßen ehrlich. Während ich die kalifornischen Weine, die ich während meiner Amerika-Aufenthalte trank, fast immer zu dick, zu aufdringlich und auf unangenehme Weise zurechtgemacht fand. Ich nehme an, dass ein solches Zeltlager, wo Minderjährige ungeahndet rauchen und trinken konnten, heute die schärfste Kritik besorgter, auf Skandale erpichter Medien auf sich ziehen würde. Ich hatte die Position eines »Fähnleinführers« inne und kann mich nicht daran erinnern, dass irgendeiner von uns besoffen gewesen wäre, und andere Drogen spielten sowieso noch keine Rolle.

Wenn ein Wein nichts taugt, merke ich das sofort, und ich würde die billigen Korbflaschen mit Valpolicella oder Kalterer See, die wir als Studenten bedenkenlos tranken, heute vermutlich untrinkbar finden. Und doch kommt mir die Klage von Fritz J. Raddatz, meines verehrten früheren Chefs, der sich in seinen Tagebüchern regelmäßig darüber beschwert, wie schlecht der Wein bei diesem oder jenem Gastgeber gewesen sei, komisch vor. Erstens glaube ich nicht, dass der Wein wirklich so schlecht war; und zweitens hätte ich FJR vorgeschlagen, in solchem Fall weniger zu trinken.

Vor vielen Jahren hatte ich Kontakt mit dem großen Wolfgang Koeppen, nicht zuletzt deshalb, weil ich ein Büchlein über ihn geschrieben und herausgegeben hatte. Ab und zu telefonierten wir miteinander. Einmal erzählte er mir, dass er einer Lesung wegen nach Hamburg kommen werde. Ich schlug ihm vor, zusammen essen zu gehen. Er sagte zu, und ich fragte ihn nach seinen Wünschen. Er blieb bezüglich der Speisen undeutlich, machte jedoch klar, dass ihm an guten Weinen gelegen sei. Wir trafen uns im damals bekannten Il Giardino am Rand des Hamburger Stadtparks und saßen in einem hübschen gartenähnlichen Ambiente.

Koeppen bestellte ein Steak und ließ sich die Weinkarte kommen. Während er sie studierte, erklärte er mir, infolge seines Alters und seiner angegriffenen Gesundheit vertrage er nur noch gute Weine. Seine Wahl fiel auf einen Chateau Chasse-Spleen. Der Name hat sich mir wegen seines franko-englischen Klangs bis heute eingeprägt. Der Wein war hervorragend und extrem teuer (so kam es mir vor, aber ich machte mir keine Sorgen, denn die *ZEIT* würde die Rechnung begleichen), und Koeppen, der von seinem Steak nur wenige Happen verzehrte, war derart zufrieden, dass wir eine weitere Flasche leerten, wobei die Frage der Dekantierung glücklicherweise keine Rolle spielte.

Wiese

Die blühende Wiese draußen im Feld, wo wir gewandert waren, schimmernd von rosafarbenem Wiesenschaumkraut, das ich erntete und ihren Schoß damit schmückte. Oder die Parkwiese im Sommer unter den hohen Bäumen, wo wir beieinanderlagen und ich ihre Bluse öffnete, ihre Brüste streichelte, mit meiner Hand unter den Bund der Hose fuhr und sanft ihre Haare kraulte. Viel später die blumenreiche Bergwiese, wo das Kind in seinem weißen Kleidchen saß wie ein Engel, eben vom Himmel herabgeschwebt. Und ganz früh die Sommerwiese auf dem Land, wo Zitronenfalter, Kohlweißlinge und Pfauenaugen umhergaukelten. Meine Tante erklärte und zeigte mir alles, sie wusste die Namen der Blumen und der Insekten, sie erkannte an ihren Stimmen die Vögel.

Und dann die Wiese in Amorbach, wohin der Zufall uns vier verschlagen hatte, meine Freundin und mich, ihre Schwester und deren Freund. Wir waren zum Skifahren aufgebrochen, das Auto hatte einen Kolbenfresser, wurde abgeschleppt, und wir nahmen etwas von dem gesparten Geld, das wir nun für die Lifte und Seilbahnen nicht mehr benötigten, fuhren mit dem Taxi bis in die Nähe von Amorbach und fanden eine kleine Pension, umgeben von Wiesen, die eben anfingen zu sprießen. Von Adorno, der oft in Amorbach gewesen ist, wussten wir noch nichts, wir hatten eben begonnen zu studieren. Die Märztage waren ungewöhnlich heiß und sonnig, wir wanderten, liebten einander, lagen auf der Wiese und spielten wie Kinder an dem Bach, der unter Weiden vorbeimurmelte.

Als dem Schriftsteller Helmut Höge 2014 der Ben-Witter-Preis im Hamburger Literaturhaus verliehen wurde, kam er in seiner Dankrede auf die »lachende Wiese«, eine von Homer geprägte Metapher, zu sprechen. Höge führte aus, dass die überlieferte Wendung *pratum ridet*, über die auch der Philosoph Blumenberg nachgedacht hat, nicht bloß ein apartes Bild ist, sondern den Gedanken nahelegt, dass der Unterschied zwischen Flora und Fauna nicht wirklich fundamental ist. Man kann es, so Höge mit Bezug auf namhafte Quellen, für möglich halten, dass auch Pflanzen Empfindungen, vielleicht gar ein Seelenleben haben. Falls das stimmt, müsste es für Vegetarier und gar für Veganer ein ernstes Problem bedeuten.

Ich gestehe, dass ich gerne Fleisch und Fisch verzehre, Salat und Gemüse obendrein, und über diese Frage nicht ernsthaft nachgedacht habe. Gleichwohl gefällt mir das Bild von der »lachenden Wiese«. Wenn ich an die Wiesen meiner Kindheit und meiner erotischen Erlebnisse zurückdenke, überfällt mich so etwas wie Heimweh. In der Stadt gibt es keine Wiese, und mein Garten hat bloß einen vermoosten Rasen. Es waren glückliche Augenblicke damals – jedenfalls für mich. Ob auch für die Wiese, weiß ich nicht.

Zelt

In den meisten Kindern erwacht irgendwann der Wunsch zu zelten, und als die meinigen in dieses Alter kamen, holte ich mein schmales Zweimannzelt, das mir auf der Motorradreise durch Amerika gute Dienste geleistet hatte, aus dem Keller und baute es in unserem Garten auf. Es entstand die größte Aufregung, und stundenlang wurden Decken und Kissen, Teddys und Puppen ins Zelt geschleppt, bis die neue Heimstatt gemütlich ausgestattet war. Als es dunkel wurde, kamen Taschenlampen hinzu, es wurde vorgelesen, Gute Nacht gesagt, doch bald war klar, dass es zum Einschlafen nicht kommen konnte. Denn allmählich wurde den Kleinen der Ernst der Lage bewusst, und so kamen wir überein, dass für die bevorstehende Nacht das gewohnte Bettchen vielleicht doch der bessere Ort wäre.

Ich weiß nicht mehr, wie alt ich war, als ich mein erstes Zeltlager erlebte, vielleicht zehn oder elf. Es war irgendwo in einem Waldgebiet des Taunus. Wir hatten Kohten, jene der finnischen Tradition entlehnte Zelte, die aus schwarzen Bahnen bestehen und ein verschnürtes Achteck bilden, das von drei Masten oder Baumstämmen aufgegabelt und gehalten wird, so dass in der Mitte eine Feuerstelle entsteht. Dieser Sommer war ein deutscher Sommer, er war regnerisch und kühl. Alles war nass oder zumindest feucht, ich fror und fühlte mich elend. Allein das morgendliche Zähneputzen am Bach, wo mir die Zahnpastaspucke der weiter oben stehenden Kameraden entgegenschwamm, ekelte mich an. Mich packte eine solche Verzweiflung, ein solches Heimweh, dass der Lagerchef meine Eltern anrief.

Mein Vater kam, um mich abzuholen, ich schämte mich und war ihm zugleich unendlich dankbar.

Ein anderes Zelterlebnis war ebenfalls von jener sommerlichen Kälte geprägt, die in nördlichen und westlichen Regionen nicht ungewöhnlich ist oder war. Meine erste Frau und ich waren nach England und Wales aufgebrochen und zelteten auf einem Campingplatz in der Nähe von Caernarfon. Den ganzen Tag über war es regnerisch gewesen, und als wir unser Zelt aufschlugen, frischte der Wind auf und trieb Regenschauer über den Platz. Das unheilvoll düstere Caernarfon-Castle, das auf der anderen Seite des Flusses lag, erhob sich machtvoll vor unseren Augen, während der Himmel immer schwärzer wurde. Wir haben in dieser Nacht kaum geschlafen. Das tapfere Zelt wehrte sich flappend und flatternd gegen den Sturm, doch musste ich immer wieder hinaus in die Nässe und Kälte, um die Heringe zu justieren, die sich im sandigen Boden gelockert hatten.

Am folgenden Abend sind wir in eine Frühstückspension gegangen. Dort war es zwar trockener, aber nicht wesentlich wärmer, und meine erste (bislang letzte) Reise nach Wales war von Nebel, Regen und Sturm geprägt. Ich erinnere mich an die ausgedehnten Rhododendren-Haine – es waren geradezu Wälder –, die in üppigen violetten Farben blühten und denen das Klima sehr zu behagen schien. Seitdem weiß ich: Wo Rhododendren gedeihen, ist schlecht zelten.

In Spanien, wohin wir etwa in diesen Jahren gereist waren, gab es das umgekehrte Problem. Die staubtrockenen Mesetas, auf denen wir wild zelteten, waren am Tag glühend heiß. Je mehr die Nacht herannahte, umso wohler fühlten wir uns, denn die Temperatur sank sehr schnell, so dass wir uns an einer Flasche Fundador wärmten, bis wir unterm sternklaren Himmel fröstelnd unsere Schlafsäcke aufsuchten. Einen Wecker mussten wir nicht stellen, denn sobald die Sonne frühmorgens am Horizont aufgestiegen war, trieb sie uns mit wachsender Intensität aus dem Zelt.

Manchmal habe ich das Zelten wirklich genossen, zumeist jedoch erschien es mir entbehrungsreich. Als ich mir Pensionen oder gar richtige Hotels leisten konnte, gab ich die Camping-Phase reuelos auf. Einmal allerdings noch erlebte ich eine ganz besondere Zelt-Reise – damals nach Grönland.

Wir waren am frühen Abend in ein Seitental des Sikuiuitsoq-Fjords hinaufgefahren, bis an die Stelle, wo das weißgraue Massiv des grönländischen Festlandeises sich himmelhoch türmt, und hatten den kleinen Gletschersee zum Nachtquartier bestimmt. Die Sonne stand schon tief, das Tal lag im Schatten, und vom Eis herab fuhr ein schwacher Wind. Während wir unsere kältestarren Glieder schlendernd und hüpfend zu lockern versuchten, trafen die Schlittenführer auf gewohnte Weise die Vorbereitungen für das Lager. Mit scharfen Lanzen trieben sie jeweils zwei schräge Löcher ins Eis, so dass kleine Eisbrücken entstanden, und sie banden daran die vier Rudel in weitem Abstand voneinander fest. Sie fütterten die Hunde, deren von den Bergen zurückbrandendes Geheul die Stille zerriss. Voller Sorge dachte ich an die Nacht und rieb mir die frostschmerzenden Finger.

Jetzt schoben die Inuit die niedrigen, aus Brettern gefügten Schlitten zusammen, zwei und zwei gegenüber, so dass schmale Pritschen entstanden, die mit Rentierfellen belegt wurden. Mit Hilfe von Schnüren, Holzstäben und dicht gewebten Nesseltüchern entstand ein Zeltgehäuse, gerade hoch genug, dass man darin sitzen konnte. Die Inuit entzündeten zwei Primuskocher, die wie Schneidbrenner zischten, und einer der Reisenden, ein arktisch erfahrener Däne, brachte von draußen zwei Blechtöpfe mit Eisbrocken, die über den weißblauen Stichflammen mit einem hellen und scharfen Knallen zerschmolzen. Man kochte Tee, erhitzte den mitgebrachten Klumpen aus Krabben und Heilbutt und aß das halbgefrorene Brot dazu. Die Mahlzeit war kräftigend, sie schmeckte besser, als sie aussah. Als die Töpfe von den Kochern genommen wurden, breitete sich rasch eine behagliche Hitze aus.

Die Vorstellung, dass zweimal vier Menschen auf einer Breite von je anderthalb Metern nebeneinander schlafen sollten, war mir absurd vorgekommen, jetzt aber, da sich draußen die Kälte mit der Dunkelheit zu vervielfältigen schien, war es wohl das Beste, wenn man sich gegenseitig wärmte. Man zog die Fellanzüge aus, schichtete sie an den Seiten zu kleinen Wällen gegen die Kälte von unten und kroch in die doppelten Schlafsäcke. Es war so eng, dass man sich der Länge nach versetzt anordnen musste. Ich lag auf der Seite, pfeilgerade ausgestreckt, und ich fragte mich, wie lange ich diese Stellung würde ertragen können.

Um leichter einschlafen zu können, zählte ich mir die Kleidungsstücke auf, die ich am Leib trug: drei paar Socken, die lange Thermo-Unterhose, die kurze Unterhose, die

Jeans, das Thermo-Unterhemd, das T-Shirt, der Rollkragenpulli, das Flanellhemd, der erste Pullover, der zweite Pullover. Ich spürte, dass meine Füße sehr warm waren, und mir fiel ein, dass das Ende des Schlafsacks einem der beiden Primuskocher ziemlich nahe sein musste. Dafür spürte ich, wie die arktische Kälte von unten her an meinen Kopf schlug. Ich wühlte mich in den Schlafsack, zog die Kapuze übers Gesicht und schlief ein.

Mitten in der Nacht erwachte ich aus einem klaustrophobischen Traum. Ich fühlte mich an Händen und Füßen gefesselt. Panisch öffnete ich den Reißverschluss und richtete mich auf. Im Licht der Petroleumlampe, die unter dem Zeltdach baumelte, sah ich die zwei Inuit am anderen Ende. Auf die Ellbogen gestützt oder in Hockstellung, halb sitzend, halb liegend, schienen sie für ein Gruppenfoto zu posieren, und sie dösten friedlich wie Urlauber in der Sonne. Sie hatten keine Schlafsäcke, trugen nur ihre Latzhosen aus Eisbärenfell. Die Kocher zischten.

Als ich mich höher aufrichtete, spürte ich, wie mein Kopf in die petroleumgeschwängerte Hitzeschicht unterhalb der Zeltdecke stieß. Ich glaubte zu ersticken und ließ mich nach unten sinken. Doch dort fiel mich die Eiseskälte an. Ich verspürte das tobende Bedürfnis, aufzuspringen und das Gehäuse niederzureißen. Die Uhr zeigte zwei. Ich musste hinaus, so viel war gewiss, und sei es nur, um mir zu beweisen, dass es möglich war. Vor allem aber verspürte ich das dringende Bedürfnis, mich zu erleichtern. Ich griff unter das Zelttuch, hob es an und kroch über meine Nachbarin, die sich nicht rührte, hinweg und hinaus. Es war so kalt, dass ich auf den Socken gehen konnte, ohne nasse

Füße zu bekommen. Ich lief ein paar Dutzend Schritte und sah die schlafenden Hunde im Schnee. Sie sahen aus wie Feldsteine. Das Zelt leuchtete wie ein brennendes Schiff im Meer. Die Silhouette der nachtweißen Berge hob sich ab vom schwarz schimmernden Firmament.

Ich schälte mich aus meinen Hosen und hockte mich nieder. Da spürte ich, wie die Kälte mich rasend anfiel. Jeglicher Rest von Wärme entwich mit zentrifugaler Geschwindigkeit. Ich sah das Weltall, wie es gleichmütig auf mich herniederblickte, die Augen der Sterne, die wie monströse Brillanten strahlten, den Schweif des Kometen, dessen Botschaft ich nicht verstand – und über alles hingebreitet den gelb und blau leuchtenden, elegant geschwungenen Gazevorhang des Polarlichts. Ich zog mir die Hosen hoch und drehte mich um. Da erblickte ich, direkt oberhalb des leuchtenden Zelthäufleins, die gewaltige, matt schimmernde Wand, und ich spürte förmlich den Megatonnendruck jenes ewigen Eises, aus dessen vieltausend Jahre altem Schmelzwasser wir eben unseren Tee gebraut hatten. Taumelnd rannte ich zurück, kroch in meinen Sack und fiel in einen traumlosen Schlaf.

Zimmer

Mein erstes eigenes Zimmer war so klein, dass mein Bett die Hälfte davon ausfüllte. Und doch war ich glücklich darüber, denn endlich durfte ich mit mir allein sein, unbelästigt von den jüngeren Geschwistern. Im Grunde brauchte ich nicht mehr als dieses Bett, das abends zu einer Höhle wurde, wo ich ausschweifend las. Über dem Bett war ein langes Regal mit meinen liebsten Büchern angebracht. Als der Großvater gestorben und die Tante ausgezogen war, konnte sich die sechsköpfige Familie etwas ausbreiten. Die älteste meiner Schwestern zog in das genannte Zimmer, und ich bekam ein neues, wesentlich größeres. Dass es im Keller lag und kein Tageslicht hatte, störte mich wenig, denn nun war ich fast autark, hatte sogar ein eigenes Badezimmer – es war die frühere Waschküche – und konnte nachts nach Hause kommen, ohne dass meine Eltern, die im ersten Stock schliefen, etwas bemerkten. Dass jedoch meine Mutter auf die Heimkehr ihres Sohnes lauschend gewartet hat, vermute ich heute deshalb, weil ich, als meine Tochter im selben Alter war und am Wochenende auf die Piste ging, ähnlich gelauscht und gewartet habe – meine Frau allerdings noch länger.

Mein Keller war gut ausgestattet, mit neuen Regalen und Schränken, mit einer blauen Schlafcouch, einem blauen Sessel, einem roten Couchtisch und einer Stehlampe. Der Fußboden war neu belegt, Decke und Wände waren frisch gestrichen. Mein Vater hatte das in die Hand genommen, nach meinen Wünschen gestaltet, die Handwerker beauftragt und die Rechnungen bezahlt. Jetzt, da ich mir dies vor Augen führe, spüre ich, wie sehr mich mein Vater geliebt hat – eine Tatsache, die ich viele Jahre nicht wahrhaben wollte und auch nicht konnte.

Am Ende war das Zimmer abermals eine Art Höhle, jetzt aber zu meinen gewachsenen Ansprüchen passend. So etwa besaß ich eine ziemlich potente Stereo-Anlage, wobei ich nicht mehr weiß, wie ich in ihren Besitz gekommen bin, ob mittels eigener Ersparnisse oder durch väterliche Zuwendungen. Auf ihr jedenfalls konnte ich die Stücke meiner bevorzugten Bands hören, und das waren nicht mehr die zarten Lieder von Françoise Hardy oder France Gall, sondern es war die Rockmusik von The Cream, Jimi Hendrix, Velvet Underground und vor allem von Pink Floyd. Deren Album *Ummagumma* habe ich eine Weile lang pausenlos gehört, bei voll aufgedrehtem Verstärker, denn eines war klar: Laut musste es sein. Auch hier erwies sich mein Kellerzimmer als Plus.

Überhaupt wurde damals der Keller, egal wo, zum bevorzugten Treffpunkt wilder Partys, auf denen die neuesten Hits lautstark und immer von Neuem gespielt wurden, während Tropfkerzen auf die bauchigen Weinflaschen herniedertropften, andere Flaschen zügig geleert wurden und in den dunkleren Ecken etwas stattfand, was damals mit dem neuen (inzwischen verschwundenen) Wort Petting bezeichnet wurde. An diesen Orgien – das Wort ist viel zu stark, wie ich wohl weiß, aber damals empfand ich es so – habe ich mangels Mut oder Dreistigkeit nie teilgenommen, was ich eine Weile als Niederlage empfand. Das Problem hat sich später rasch gelöst.

Die Schlafcouch in meinem Kellerzimmer wurde Schauplatz meiner ersten Begegnung mit meiner ersten Freundin und späteren Frau. Wir hatten das Treffen gut vorbereitet, wussten uns allein, waren beide noch jungfräulich und schickten uns an, miteinander zu schlafen. Es glückte, obwohl wir beide mächtig aufgeregt waren, und die Wendung »es glückte« ist wörtlich zu nehmen: Es war ein wirkliches, ein großes Glück.

Diese Szene war eigentlich die letzte bedeutungsvolle in diesem Zimmer, denn nicht lange danach habe ich mein Elternhaus verlassen. Einige Zeit davor jedoch gab es erotische Begegnungen mit einer Klassenkameradin meiner Schwester. Ich erteilte ihr Nachhilfe in Mathematik, und ich erinnere mich daran, wie wir nebeneinander auf der Couch saßen, wie ich ihr die Probleme zu erklären versuchte, wie mich ihr starkes Parfüm, ihre hübsche, von einem zarten Sommerkleid umhüllte Gestalt zutiefst verwirrten. Ich war außerstande, diesen Signalen zu folgen. Wenn ich sage, es seien erotische Begegnungen gewesen, so ist das rückblickend geurteilt. Infolge meiner Blödigkeit habe ich das nicht kapiert und erfuhr erst später, das Mädchen sei in mich verliebt gewesen. Es wird so schlimm nicht gewesen sein.

Das nächste Zimmer, das ich bezog, war in vieler Hinsicht das Gegenteil: Es lag hoch oben unter dem Dach des kleinen Einfamilienhauses in Pfrondorf, und erotische Begegnungen, welcher Qualität auch immer, hat es dort nicht gegeben. Im Gegenteil: dieses helle Zimmer, in dem ich mein Tübinger Semester verbrachte und von dem ich einen weiten Blick über die Dächer und Täler hatte, war ein Ort der

Askese, einer allerdings freundlichen, denn meine Quartiersleute waren nette Menschen, die weiblichen Besuch, der jedoch nicht anstand, vermutlich geduldet hätten. Der Hausvater war ein Handwerker, der mir die ansprechend ausgeführten Umbauten seines Anwesens voller Stolz vorführte; und die Ehegattin, eine dralle, vitale und liebenswürdige Erscheinung, die drei kleine Kinder versorgte beziehungsweise stillte, war der Inbegriff dessen, was man seinerzeit noch unter Mutter verstand. Sie war die selbstbewusste Gebärerin, die Chefin des Haushalts und das emotionale Oberhaupt in einer Person.

Pfrondorf war damals in der Tat ein Dorf, hoch über dem Neckartal gelegen, und von dort fuhr ich jeden Tag mit dem Fahrrad zur Uni in Tübingen. Das waren etwa fünf Kilometer, also fast nichts, und doch erschien mir die Strecke als erheblich. Das galt zweifellos für die Heimfahrt, denn die Straße stieg, nachdem man den Talkessel durchquert hatte, rasch und steil an, und es bedurfte einer gewissen Ausdauer und Muskelkraft, sie durchzustehen. Vormittags jedoch, wenn ich mich erhoben, ein frugales Frühstück zu mir genommen hatte und endlich wach geworden war, erfrischte und berauschte mich die rasante Talfahrt hinab ins deutsche oder philosophische Seminar. Es war ein produktives Semester, obwohl ich in diesem heißen Sommer oft im Freibad lag und am Wochenende nicht selten in den prachtvollen Villen der studentischen Verbindungen zu Gast war, denen beizutreten ich dann doch nicht über mich brachte. An solchen Abenden wurde schrecklich gesoffen, und ich weiß nicht mehr, wie ich danach mit meinem Rad die Steigung bewältigt habe. Vermutlich habe ich es geschoben.

Nachdem ich mein Staatsexamen bestanden, meine Anstellung bei der *FAZ* erhalten, nachdem ich geheiratet und ein Haus in den Hügeln des Taunus bezogen hatte, nachdem schließlich meine erste Ehe (aus eigener Schuld) gescheitert und ich zunächst vorübergehend, dann endgültig ausgezogen war, befand ich mich plötzlich aufs Neue in einer studentischen Wohnsituation. Mein Freund und *FAZ*-Kollege Jürgen Busche war aus Liebesgründen nach Heidelberg umgezogen, und sein Zimmer in einer Art Wohngemeinschaft war frei geworden. Dort konnte ich einziehen, und ich fühlte mich in dem geräumigen, hellen Raum ziemlich bald wohl, wenngleich mich meine Flucht und mein Verrat noch lange bedrückten. Mieter der Altbauwohnung waren Rainer und Betty Kuhlen – er Informationswissenschaftler in Frankfurt, sie Anglistin in Freiburg. Wir schätzten einander und kamen bestens miteinander aus, vermutlich auch deshalb, weil wir nicht allzu oft zusammentrafen. Alle verfolgten wir die unterschiedlichen Karrierewege, die uns vorschwebten.

Die gemeinsamen Skat-Abende jedoch waren ein Fixpunkt. Die Runde bestand aus Hans-Jochim Noack von der *Frankfurter Rundschau*, Busche und Kuhlen sowie aus Michael Schwarze, meinem *FAZ*-Kollegen, und mir selbst. Von diesen fünf Freunden waren immer drei oder vier anwesend, so dass ein Skatspiel stattfinden konnte. Es bestand aus der kompletten Abfolge der Varianten, einschließlich Bock-Runden und Ramsch. Zwar spielten wir nur um Zehntel-Pfennige, doch leicht konnte es passieren, dass man am Ende zehn oder zwanzig Mark verloren hatte. Das war damals keine geringe Summe. Während des Spiels wurde mächtig geraucht, zügig getrunken, und obgleich es sich bloß um Bier handelte, entschied über den Ausgang nicht allein das Kartenglück, sondern auch die Trinkfestigkeit. Ich weiß noch, dass Schwarze deshalb ein paar Mal mächtig verloren und, da er immer pleite war, seine Spielschulden entweder spät oder gar nicht zurückgezahlt hat, was ihm den beißenden Spott von Busche eintrug. Schwarze (wir duzten uns alle, nannten uns aber, als wären wir noch in der Penne, beim Nachnamen) war ein hochbegabter Journalist, vor allem ein guter Film- und Fernsehkritiker. Ich mochte ihn, und sein früher Tod (er starb 1984 im Alter von 39 Jahren) hat mich sehr getroffen.

1977, als unsere Skatrunde fest etabliert war, kam der Hitler-Film von Joachim Fest und Christian Herrendoerfer in die Kinos. Fest, Herausgeber der *FAZ*, war von der zum Teil scharfen Kritik, die sein Film gefunden hatte, offenbar irritiert, und er fragte uns, die jüngeren Feuilleton-Redakteure, also Schwarze, Busche und mich, ob wir nicht Lust hätten, eine Diskussionsrunde zusammenzustellen. Er sei daran interessiert, die Ansichten jener Generation zu erfahren, die das Hitler-Regime nicht selbst erlebt hätte. Wir alle hatten den Film, dessen Neuigkeitswert vor allem darauf beruhte, dass er bislang unbekanntes Wochenschau- und Propagandamaterial der Nazis in ein Hitler-Porträt integrierte, selbstverständlich schon gesehen, untereinander diskutiert, und deshalb stieß Fests Wunsch auf unsere Zustimmung. Rasch herrschte auch Einigkeit darüber, dass die Debatte in Kuhlens Wohnung stattfinden sollte, denn dort gab es ein großes Wohnzimmer, in dem lediglich dicht gefüllte Regale standen sowie mehrere altertümliche Flohmarkt-Sessel und ein mächtiges Sofa.

Der Termin war verabredet, aber plötzlich tauchte ein ernstes Problem auf. Es war die Katzenpisse. Kuhlens Katze – ich glaube, es war ein Kater –, der von uns häufig allein gelassen wurde, pflegte sich dadurch zu rächen, dass er in das Sofa hineinpinkelte. Das ärgerte uns zwar, störte uns jedoch nicht übermäßig, da wir das Sofa nicht benutzten. Jetzt aber, da wir uns vorstellten, Joachim Fest nähme auf diesem Sofa Platz, stieg uns der penetrante Geruch überraschend scharf in die Nase. Immerhin war Joachim Fest der Chef von Schwarze, Busche und mir, und wir wollten einen guten Eindruck machen. Ich erinnere mich daran, wie Kuhlen und ich dem Sofa mit den unterschiedlichsten Chemikalien zu Leibe rückten, mit leider geringem Erfolg. Der Gestank, einmal in unsere Nase gekommen, schien sich hartnäckig zu halten. Wir lüfteten den Raum mehrere Tage, damit sich die Polster ausdünsten könnten, operierten mit Duft-Sprays und legten am Ende mehrere Wolldecken über das versiffte Möbelstück.

Am entscheidenden Abend gelang es uns, Joachim Fest in einen fast geruchlosen Sessel zu platzieren. Er schien nichts zu bemerken. Von der angeregten Debatte über Hitler und den Film ist mir nur in Erinnerung, dass wir Jüngeren (es waren noch andere Gleichaltrige hinzugekommen) mehr oder weniger übereinstimmend feststellten, erst durch diesen Film hätten wir erfahren, worin die berüchtigte Faszination Hitlers bestanden habe. Ich jedenfalls hatte mich immer darüber gewundert, dass ein ganzes Volk, das ja nicht nur aus Idioten bestanden haben konnte, diesem Teppichbeißer zu Füßen gelegen hatte. In Fests Film sah ich, was Hitler konnte, sah, welche Verführungskraft er besaß und mit welch innovativen Mitteln medialer Inszenierung er die Menschen in seinen Bann geschlagen hatte.

In der Wohngemeinschaft bei Kuhlen führte ich meine einstweilen letzte Zimmer-Existenz. Von da an lebte ich in großen und immer größeren Wohnungen, und die Zahl der Bücher, der Geräte, der Möbel, der Gegenstände wuchs und wuchs. Wenn ich an meine Zimmer zurückdenke, wundere ich mich darüber, wie wenig ich damals besaß. Offenbar hat es ausgereicht. Weshalb wurde es mehr und mehr? Der Vermehrungsprozess, der den Alterungsprozess eine Weile lang begleitet, so tröste ich mich, ist völlig normal.

Mir fällt jedoch ein, wie ich meine Tante (jene bereits erwähnte, die mir Stifters *Bergkristall* vorgelesen hat) einmal im Altersheim besuchte. Sie lebte da in einem bescheidenen Zimmer mit hübschem Ausblick, das allerdings nur noch einen Bruchteil ihrer früheren Habe beherbergte. Mehr schien sie nicht zu benötigen. Und doch machte sie nicht den Eindruck, glücklich zu sein. Im Gegenteil schien sie mir entwurzelt, herausgerissen aus ihrem angestammten Ort, an dem ihre Bücher, ihre Möbel, ihre Steine (sie sammelte geologische Prägungen, die sie auf ihren alpinen Wanderungen entdeckt hatte) einen selbstverständlichen Platz gefunden hatten. Den gab es hier keineswegs mehr. Nie allerdings war meine Tante ein Charakter gewesen, der etwas gefordert, der sich beklagt oder beschwert hätte. Sie nahm es hin, wie es kam, und wenig später starb sie hochbetagt.

Die Kultur der Grabbeigaben, wie sie in anderen Religionen vor langer Zeit üblich war, um dem Verstorbenen die

Reise ins Jenseits zu erleichtern, indem man ihn mit den wichtigsten Insignien seines irdischen Lebens versorgte, diesen Brauch kennen wir nicht mehr. Angenommen, ich wäre Teil einer solchen Kultur, was könnte man mir mitgeben? Alte Liebesbriefe, geschätzte Bücher, mein Fahrrad? Das würde mir wohl nichts nützen. Ich fürchte, ich werde meine Reise alleine antreten müssen. Wenn sie gut geht, so hilft mir Gott.